鑑賞　季語の時空

高野ムツオ

角川俳句コレクション

はじめに

世界でもっとも短い詩、俳句を俳句たらしめる必須要件は五七五を基本とした定型にある。季語は俳句に春夏秋冬という一年の循環に基づく時間認識を付与することで、人間の存在感、生命感を普遍的な詩として定着させる重要な言葉の装置である。

日本人が四季のサイクルを認識するようになったのは、おそらく文字を持たなかったはるか太古からであろう。初めは寒暖の差異や風雨の変化の繰り返し、草木の生長や鳥獣の移動などで知ったに違いない。日差しの長短や星の位置、月の満ち欠けなどからも感じとったと想像できる。そして、それらに有限の命の有り様を重ね時間の概念を培ってきた。季節の認識は移動採集生活から定住農耕生活へと変遷していく中で、さらに明確化され細分化されていった。稲作の伝播が密接に関連している。

暦の伝来は『日本書紀』に西暦五五三年、欽明天皇が百済に使いを遣わし、翌年、暦博士が来朝したとの記述があり、これが初めとされている。しかし、一般に用いられるまでには、長い月日を必要とした。暦が公に採用され施行されたのは七世紀末のことである。それに伴って年中行事や農耕儀礼が伝承定着し、詩歌が詠まれ人々に唱えられた。日本の詩の発生の一端となった。

俳句は、日本語の詩の形式としてもっとも新しい。季題、季語が一般化し定着したのは明治の終わり頃だといわれている。もっとも季語はそれ以前から「四季の詞」「季の詞」などと呼ばれ、和歌、連歌、連俳によって、豊かな時空が蓄えられてきた。季語は俳句以前の詩の歴史をも担っている。

だが、季語に託される時空や詩性にはさまざまな課題が付随してきた。野本寛一は『季節の民俗誌』で「歳時記」や「季語」の文化集成の価値を尊重しながら、旧暦と新暦の時間差の問題や南北に長く、気候条件が異なる環境に生きる人々の現実の季感と「歳時記」との差異などに問題を投げかけている。事実、季語の世界は二重構造でできている。例えば、雪国では、暦の上の正月や春は、未だ雪に包まれた真冬なのである。雪国の本当の春は、雪が溶け始め大地が現れ、万物が始動する時である。宮城県北の栗駒山麓で育った私にとって節分の豆撒きは厳寒の行事だった。外に撒かれた豆は凍土や雪の上を転げた。立春とは名ばかりでしかなかった。旧暦であれば、実感とのずれは少しは解消されるかもしれない。だが、京以西の立春との差異は変わることはない。もともと二十四節気は中国の華北地方の区分方法だからやむを得ないことであろう。加えて昨今の地球温暖化やそれに起因する異常気象、生態系の変化、作物の栽培方法の発達なども季節感と歳時記との関わりに一段と大きな混乱をもたらしている。季語の世界は多重のまま時代とともに変化し続けている。

平成二十三（二〇一一）年に東日本大震災が起きた。当日私は仙台駅の地下街で地震と遭遇し、九死に一生を得た思いで自宅に辿り着いた。その日の衝撃は八年以上過ぎた今も生々しくよみがえる。カーナビのテレビに映った津波は予想を遥かに超えた恐ろしいものであった。自分の想像力の貧しさを嫌というほど味わわされた。さらに、まもなく伝わった福島の原子力発電所事故のニュースはまったく次元を異にした不安や恐怖をもたらした。何がどのように危険で、どんな被害が生ずるのかすら、皆目見当がつかないのだ。正体不明の不治の伝染病が蔓延してくるのと同じだった。最悪の事態は免れたが、仙台市在住の歌人佐藤通雅は放射能汚染によって「季語が陵辱された」と低い声で呟いた。

四月になり、桜が開花した。在京の俳句仲間が私を慰めるため隅田川の花見を催してくれた。遅れて、被災地の桜もほころび始めた。被災が甚大だった宮城県七ヶ浜町で倒れながら咲いている桜を見つけたり、田に仰向けになった船の底に花片が絶えず散りかかっているさまにも出会った。どれもがたとえようもなく美しかった。このような桜は初めて見たと実感した。理由ははっきりしている。桜の美しさが津波の死者の姿に重なったのである。桜に死者がのりうつっていたともいえる。

さまざまのこと思ひ出す桜かな　　芭蕉

この句には芭蕉のそれまで生きてきた時空がまるごと湛えられている。久しぶりの故郷伊賀滞留の感慨である。主君蟬吟や伊賀への懐旧の思いなどが濾過され渾融している。だが、その内実は芭蕉自身のみが知るところ。鑑賞者は、この句から追体験することはできない。できるのは、自らの来し方に委ねて間接的に想像するだけだ。そして、それでいいのだ。俳句の鑑賞とは鑑賞者の数だけ存在する。さまざまな読みによって俳句の世界が更新され永遠化される。

ちるさくら海あをければ海へちる　　高屋窓秋

作者は「日本人の心を詠ったもの」と「百句自註」で述べている。「日本画家が数限りなく描いてきた対象を俳句で書いた」のだそうだ。昭和八（一九三三）年の作だが、後年、特攻隊を扱った劇映画のオープニングタイトルにも使われた。この句を本居宣長の〈しき嶋のやまとごゝろを人とはゞ朝日にゝほふ山ざくら花〉と連動させ、散華の精神の美化と読むこともできる。青春の純化され昇華された姿と読むこともできる。桜は田の神が降臨する花として、その散り方が豊凶の指標となった。「さ」は穀霊で「くら」は降臨する座を意味するともいわれる。豊饒の稔りを予言しながら散る花の精霊の姿とも読める。すべては読者に委ねられている。

さくらさくらわが不知火はひかり凪　　石牟礼道子

この桜はどう読むべきだろうか。不知火海への賛歌としての桜だろうか。それとも自然を汚し続ける人間の滅びへのレクイエムだろうか。あるいは告発だろうか。死生を超えた永遠の浄土世界が見えてきそうでもある。どれも当てはまりそうでありながら、それ以上深い世界が隠されてもいそうだ。

俳句において季語は、時代のその瞬間瞬間のあまたの出会いを開示しながら、その一瞬を永遠化する装置として働く。果たして、季語「桜」は、これからどんな世界を湛えるのだろうか。この一書は、そうした感慨にとらわれている一俳人の、勝手気ままな俳句鑑賞である。

目次

Ⅱ　万象変化

Ⅲ　滅びと再生

装丁　大武尚貴

I　異界からの使者

燕来る国

燕（春）

もう十年以上も前の四月のある日、私は名取市の高台にある宮城県がんセンターの四階の窓から、眼下に広がる田圃を眺めていた。まだ水は張られていなかったが、田植えを控えすっかり耕された田圃は、柔らかい春の光を一面に湛えていた。その時、一瞬、目前をよぎる黒い影があった。燕である。一羽や二羽ではない。ひっきりなしに数限りなくひらめく。いぶかしく思って看護師に尋ねると、これは病院が建って以来のことで、毎年かなりの数が渡ってきては病院のあちこちに営巣するという。近年、餌場の田畑や日本家屋の減少によって、各地の燕の飛来数が少なくなっていたことを気にかけていた鳥好きの私には、思いがけなくうれしい話だった。病院に入ったのは、咽頭癌の手術のためである。喉の患部を切除して、そこに自分の空腸とやらを切り取って貼り付けるという、説明されてもよく理解できない難しそうな手術であった。進行性で、術後、声帯を失う可能性や再発の確率も高かったので、それなりに暗い思いにとらわれていた。しかし、燕が巣作りする建屋に、これから一か月以上も暮らすと知ると、少年時代以来のことで、少しは気持ちが和らいでくるのだった。軒の燕と聞いて、すぐ口をつくのは、

のど赤き玄鳥《つばくらめ》ふたつ屋梁《はり》にゐて足乳根《たらちね》の母は死にたまふなり

斎藤茂吉

という茂吉の短歌である。多くの人が指摘しているように、何とも言い難い不思議な魅力が湛えられている。母の臨終という大事にあってなお、悲傷の嘆きや慟哭は、その湧出の一歩手前で深い沈黙の底に沈み、どこか神秘的な雰囲気を醸し出している。それは、自身が『作歌四十年―自選自解』で、「世尊が涅槃に入る時にも有象がこぞって歎くところがある。私の悲母が現世を去ろうという時、のどの赤い玄鳥のつがいが来ていたのも、何となく仏教的に感銘が深かった」と述べていたように、その宗教的趣によるものだろう。

この短歌には、気になるところがいくつかある。一つは〈のど赤き玄鳥〉という出だし。短歌は、枕詞がそうであるように、冒頭の調べがイメージの連想を誘うことが大切だから、こうした修辞になったのだろうが、俳人的短兵急から言えば、なぜ、わざわざ〈のど赤き〉とまで言わねばならないのか。この歌に初めて接した時から気になった。しかし、この赤こそが、実は、この歌の不思議さの源の一つと気づくまでに、そんなに時間はかからなかった。赤が象徴するのは、言うまでもなく命そのもの。燕の喉元の赤さは燕の命の色なのである。しかも喉は生き物にとっての急所。そこに湛えられた赤は作者の深い悲しみの色でもあろう。喉が、悲しみを湛える体の重要な部分である。これは何も喉の病気をした私一人のこだわりとばかりは言えまい。茂吉の赤い色に対する異常とも思えるほどの執着は、岡井隆や黒田喜夫《きお》も指摘していたところだ。

もう一つ、心に引っかかっていたのは、臨終の床の母と梁の燕との対比にある。死の間際の命と新しい命のための営みとの構図は、絵画的な寓意性をもたらす。どこかに、表現者としての理知のまなざしが加担しているようで、外の軒ならまだしも、死の床の上の梁に燕が営巣する場面が、日常的現実として率直に受け取れなかったのだ。

平成二十二（二〇一〇）年七月に俳句の仕事のついでに能登を訪れる機会があった。地元の俳人中川雅雪らの案内で奥能登の七輪の製造元や塩田を見学し、帰りに昼食を頂いた、由緒ありそうな古い割烹であった。その入り口を潜ったとたん、家の中から燕の声がする。おやと見上げると土間の梁の上に燕が営巣している。雛が孵《かえ》っていて、ひっきりなしに親燕が餌を運んでいるのだ。入り口の扉はどうするのか、と聞いたら、夜昼開けっ放しだという。はっとしたが、かつては冬は別にして、それ以外の季節は農家はずいぶん開放的であった。燕が軒先のみならず人家深くに営巣するのはごく当たり前だったのだ。私の母方の実家の廏《うまや》の中にも燕が営巣していたことを思い出した。その時、私は茂吉の短歌が、意図的な構図から生まれたのではないことを初めて悟った。死の間際の母の上で燕が羽を休めているのは、当時の農村の実にありふれた光景であったのだ。

燕は鴨や雁とは異なり、和歌の題材としてあまり好まれなかった。いや、それゆえ俳句が重んじたと言った方がいいかもしれない。『万葉集』には大伴家持が、帰雁を詠むにあたって、その枕に「燕来る時」を用いているぐらいである。しかし、市井をものともせず営巣する燕は、俳句にはうってつけの題材であった。燕の魅力の第一は飛翔の姿にあろう。囀りの声もけっして悪くはないが、鶯や雲雀がもっぱら声を楽しむのとは違い、その姿に、また格別の親しみがある。燕は、古名をツバクラまたはツバクラメと言うが、語源は諸説あるようだ。ツバが鳴き声でクラは小鳥の総称との説もある。ツバクラメは土喰黒女《つちはみくろめ》で、ツバは光沢、クラは黒、そして、土を食べる鳥が燕だという説が自然に腑に落ちる。「メ」は、カモメ、スズメの「メ」同様、群をなす小鳥を指す接尾語。季語は、初物を尊ぶことが基本だが、燕にもそれがいえる。

来ることの嬉しき燕きたりけり　　石田郷子

待つ心があって、初めて燕は姿を現す。南からやってくる燕を歓迎するのは、何も燕が益鳥で害虫を駆除してくれるという合理的理由からのみではない。古来の客《まろうど》神招来の思いに重なるからだ。幸いは毎年、海の彼方から春とともにやってくる。燕が家運興隆の使いとして大事にされたのは、それゆえである。そう言えば、東日本大震災で壊滅的被災を受けた名取市閖上《ゆりあげ》の「ゆりあげ」も元は「よりあげ」と呼ばれていた。さまざまな恵みが寄り上げられた浜だったのである。未来への期待が現実になることの至福が、この句には湛えられている。何も日本人に限った思いではない。童話の「親指姫」の燕も、「幸福の王子」の燕もすべて幸福の神の使者であったはずだ。

つばめつばめ泥が好きなる燕かな　　細見綾子

また回想になるが、平成二十四（二〇一二）年、岐阜の関市を訪れる機会があった。千有余年の歴史があるという長良川の小瀬鵜飼《おぜうかい》は、数日前の雨のため川が増水して中止となり、鮎料理で鵜飼船に乗った気分だけ味わった。朝、ホテルを出ようとしたら、頭上を燕が翻る。一瞬、おやと思った。見たことのない燕なのである。普通の燕とは違う。営巣に適した橋や崖も見当たらないからイワツバメではない。飛ぶ高さから言ってアマツバメでもない。第一、腹のあたりが真っ白ではない。薄茶色なのだ。不思議に思ってホテルの従業員に聞いたのだが、この辺にはよく見かける燕で、名前はわからないと言う。もしやと思いホテルの周囲を確かめると、予想通りとっくり形をした巣がホテルの壁の隅などに張り付いている。コシアカツバメ、別名トックリツバメである。関東以北にはやってこないから、私には初見だったのだ。その大きな巣に、私はなるほど、燕は土喰黒女と深く頷きながら、この細見綾子の句を口ずさんでいた。

土くれはどんな味する燕の子　　正木ゆう子

前句に呼応している句である。燕の巣は泥と枯草に自分の唾液を混ぜ、こねて作る。一週間ぐらいでできあがる。まだ古い枯草が残り、凍てが緩み、ぬかるみがあちこちに残っている時節ならではの恵みを活かしているわけだ。この句の発想には、たぶん、幼い頃のどろんこ遊びの体験がある。私もやったことがあるが、よく泥をこねて団子を作った。戦後、まだ甘いものが少なかった時期でもあったので、梅雨時の陽光を浴びて黒光りする泥団子は、はたして、どんな味がするのだろうと思ったものだ。子燕も、やがて泥の巣作りにいそしむようになる。

しかし、この子燕の無垢の姿の句が、東日本大震災後の今読むと、どこか不吉な影を帯びてしまう。少なくとも福島の燕は、東日本大震災以降、放射能にまみれた土を口に銜《くわ》えることになってしまったからだ。その思いが、燕への憐憫と悲しみの色を濃くする。こうした読みの変化は、この句に限ったことではない。普通の燕も元々は崖や洞窟などに巣を作っていた。それが人家に作るようになったのは、蛇や鴉などの外敵から身を守るためだった。人間も害を与えるが、どちらがより危険かという身につまされる必死の選択によるものだった。しかし、その選択が今、新たな危機を呼んでいる。

つばくらめこの国に子を産み継ぐか　山下知津子

東日本大震災後作られた句だから、〈この国〉とは、どこのどんな国を指すか、もう語る必要もないだろう。反語と読んでも問いかけと読んでも、放射能という得体の知れない悪魔に陵辱されつつある国を指すのは間違いない。近代国家と呼ばれるようになってから、この国の空気は、さまざまに汚されてきた。明治に蒸気機関車が田野を走るようになった時、沿線の農家は稲が汚染されるといっせいに反駁したが、それとは恐怖のレベルが桁違いといっていい。この句の根底には、とりかえしのつかない滅びへと向かって進む国に、飛来し何も知らず餌を運び子育てを続ける燕に対する謝罪と人間への糾弾とが裏打ちされている。未来永劫、同じ生き物として共に存えたいという願いが重なる。

大工町寺町米町仏町老母買ふ町あらずやつばめよ　寺山修司

と寺山修司が嘆いた空を掠めた燕も、一縷の希望の燕であった。そうしたことを踏まえると、茂吉の母の臨終に立ち会っていた二羽の燕は、亡き母を永遠の至福の国へと誘う使者の燕であったに違いないと改めて思うのだ。

雲雀幻想

雲雀（春）

私が多賀城《たがじょう》を居住地と定めたのは、昭和五十六（一九八一）年のことである。結婚後二年が過ぎた時期で、それまでは借家住まい。もともと、一家の主としては失格で、どこにどのように住むか、あまり関心がなかった。ただ妻に急き立てられて休日には仙台市街とその近郊の建て売りや集合住宅を覗いて歩いた。その一つとして、今住んでいる集合住宅に出合ったのである。ここに決めた第一の理由は、妻がいちばん気に入った物件であったからだが、もう一つは利便性には不満だったが、周囲に自然が豊かであったことが挙げられる。いかに婦唱夫随の頼りない夫であっても、さすがに重要事項の最終決定権だけは与えられていて、そばの土手から建物を見上げながら、妻は私に「どうするの」と問いかけた。返事をためらっているその時、対岸に広がる初夏の空から一羽の郭公が姿を現し頭上を鳴きながら飛んで行くのだった。その様子を目にした時、何か啓示を受けた思いになって「ここに決めよう」と答えたことを昨日のように覚えている。郭公はその後、五月に入るとしきりにその美声を響かせてくれたが、あんなに間近に姿を見せてくれたことは、以後四十年、一度もない。今では不思議な出来事として記憶に残っている。

住まいを定めて数年後、転勤を機会に通勤手段を車から電車へと切り替えた。朝、駅までは徒歩五、六分ほどだが、その時間は何事にも代えがたい豊かな時間であった。住まいの集合住宅は当時、原っぱにたった一棟寂しそうに建っていた。その後、同様の建物が次々と建ち並び、今は八棟にもなってしまっている。私が住んでいるのはいちばん低くて、まるで首をすくめた老人のような代物だが、当時は、周りに空き地が広がり、草が伸び放題に伸びていた。もともとは湿地で、一部を田畑として利用してきた場所らしい。その名残でシロツメクサやオオバコが敷き詰められた緑の絨毯に囲まれた小径が、通勤路であった。四月ともなると晴れの日はもちろん、小雨の日も、空のどこからか、まぶしそうな声が降り注いだ。雲雀である。その声を浴びると少年時代に戻った思いになった。夢のような至福のひとときであった。

うらうらに照れる春日に雲雀あがり心かなしも独りし思へば　大伴家持

雲雀と聞けば誰もが思い出す名歌である。家持三十五歳頃の作で、「春日遅遅として、鶬鶊《さうかう》まさに啼く。悽惆《せいちう》の意《こころ》、歌にあらずば撥《はら》ひがたきのみ」と『万葉集』では、この歌に添えて述べている。歌そのものは山本健吉が『基本季語五〇〇選』で指摘するように「春愁の情を揚雲雀の囀鳴《てんめい》に託した最初」として、春の鬱屈たる恋多い青年の心理を思い浮かべるのが自然であろう。家持も若い頃はたくさんの相聞歌を作っているし、いくつか恋もしている。だが、現実には、作歌当時の家持の心を占めていた憂鬱は、政争という生臭いものに起因していた。『字通』に拠れば「惆」は思うにまかせぬなげき、失意のことであるとのこと。

家持が没した場所には二説ある。平城京説と多賀城説である。多賀城に住む筆者としては、無論、後者と受け取りたいが、これは単なるひいきに過ぎない。歌人で国文学者の扇畑忠雄は、家持は多賀城で亡くなり、その遺体もしくは遺骨が京に運ばれたとの推論を立てている。死の直後、藤原種継暗殺事件の主謀とされ、埋葬が許されなかった。その説に従えば、家持は一年半ほどは多賀城で暮らしたことになる。そうであれば、千年以上前に、私が仰いだのと同じ空に、同じような雲雀を聞いたことになる。四十代以降の家持の歌はほとんど伝わっていないが、多賀城での日々は「独りし思ふ」心が一層、悲傷の色を濃くしていたに違いない。

雲雀より空にやすらふ峠かな　芭蕉

こちらは、うって変わって安らぎに満ちた雲雀である。『笈の小文』には「臍峠」と前書がある。初瀬から吉野に至る道筋らしいが、『笈の小文』記載の道順には矛盾もあるという。奈良の地理に疎い私には判断の下しようもない。「臍峠《ほそとうげ》」は現在は「細峠」と表記する標高七〇〇メートルぐらいの峠道で、この句は、その振り分けあたりであろうか。厳しい山道を越えて、やっと見晴らしのよい場所へ出た安堵感が横溢している。『曠野《あらの》』には〈雲雀より上にやすろふ峠哉〉とあるが、表現の巧拙は一目瞭然であろう。意味としては「上」の方が明瞭だが、詩としては「空」でなければならない。この一語で、芭蕉は峠に立っているのではなく、春の中空に悠然と身を浸していることになる。さらには雲の一片にでもなって、雲雀や地上を見下ろしている錯覚にさえとらわれてしまう。発想の仕方が共通する現代の俳句に、

揚雲雀空のまん中ここよここよ　　正木ゆう子

がある。これは雲雀が、さながら光の粒となって大空をさまよっている様子を詠ったもの。高く上がったのはよいが、どこをどうたどればいいか戸惑っている雲雀に〈ここよここよ〉と声をかけたのだ。それなら作者は、どこにいるのだろうか。〈ここよ〉と指しているのだから、作者もまた空の真ん中にいることになる。もっとはっきり言えば、作者は空そのものとなっている。そして、一途に上がってくる雲雀が、迷わず空の真ん中へとやってくるように導いているのだ。必死になって走ってくる幼児を迎える母親の姿をも連想させる。実に健康的なエロスにあふれている。この句に触れながら、作者自身、『ゆうきりんりん』で、こう述べている。

物体の最も安定する形は球体だそうだが、球体の面白いところは、球面の一点はどこであれ表面の中心であることだ。

平面ならば中心は一点しかないが、球面の中心は無数にある。だから飛躍して言えば、私たちは誰でも地球上の中心にいるわけである。

敷衍すれば、雲雀は地球の中心から宇宙の中心を目指していることになる。囀ることは、宇宙と交感すること。人間が言葉を発するのもまた同じことなのである。

こう書いてくると、どうやら揚雲雀とは、その先の別世界を見せてくれる水先案内人にも思えてくる。そんなことを夢想しながら作られたのが、萩原朔太郎の「雲雀料理」であろう。

ささげまつるゆふべの愛餐、
燭に魚蠟のうれひを薫じ、
いとしがりみどりの窓をひらきなむ。
あはれあれみ空をみれば、
さつきはるばると流るるものを、
手にわれ雲雀の皿をささげ、
いとしがり君がひだりにすすみなむ。

「雲雀料理」とは何か。さまざまに読めようが、天空で囁《ささや》かれる雲雀の愛そのものを形象化したものと受け止めたい。夕空のいずこかにある透明な詩の洋館で、愛する人とともにその結実を食べるのである。ここではエロスは性的な翳りを帯び、夕空は、その愛の交歓のステージと化している。

雲雀落ち天に金粉残りけり　平井照敏

揚雲雀を見た回数よりはだいぶ少ないが、落下する雲雀を見たことも何度かある。それも少年時代のことだ。多くの場合は途中で見失ってしまう。あわてて落下したあたりを探しに行ったこともあったが、雲雀の姿や巣を発見することはまずなかった。雲雀は、自分の巣から数十メートルほど離れている地点に落下すると知ったのはだいぶ年長けてからであった。この句は、雲雀の声を金粉に喩えたものだが、消えてもなおきらめく声の残影が印象的である。声が視覚化され、それがいつまでも見えているのだ。雲雀の声は「日一分、日一分、利子取る、利子取る、月二朱、月二朱」と聞こえるという「雲雀金貸」があるが、この昔話と句とをリンクさせるべきではない。

日輪に消え入りて啼くひばりかな　　飯田蛇笏

この句は、まぎれもなく地上から見上げてのものだが、雲雀の声が日輪から聞こえるという発想は大胆だ。ここでは雲雀の体は太陽に焼き尽くされ、声だけが残っているのである。雌に恋い焦がれた末に焼き尽くされるのだから、人間顔負けの情熱的な雲雀の雄といえよう。人間世界では恋い焦がれたあと炎と化すのはだいたい女性と相場が決まっている。「道成寺」の清姫も八百屋お七もしかり。世の男性諸氏も、この雲雀を見習わなくてはならない。夏雲雀は、五月になってもまだ囀っているものを指すが、「あれは恋人が見つからない可哀想な雲雀だよ」と笑いながら教えてくれたのは師の鬼房だった。それまでは暑い日にもめげぬたくましい雲雀と思っていたが、この一言でいっぺんに印象が変わってしまった。夏雲雀は家持の歌の雲雀よりももっと絶望的で切ないのだ。

揚雲雀大空に壁幻想す　　小川軽舟

これは太陽に焼かれる前に、空そのものから、それ以上の突入を拒絶されてしまった雲雀である。むろん、壁を幻想したのは作者自身でもある。大いなる壁であって、そして、いくらはね返されようとも、そこに向かって飛び続けることに揚雲雀の存在意義がある。不可能への挑戦の飛翔。俳句を作り続けるという営為にも通ずるものであるようだ。

平成二十五（二〇一三）年の三月十日から三日間、大震災から丸二年を経たのを契機に、三陸の被災地を訪れた高橋睦郎さんの案内をした。最後に名取市の閖上《ゆりあげ》港から仙台市蒲生《がもう》の干潟へ足を運んだ。何処も人間の居住した跡はすべて消え失せていて、春の陽光が却って心に深く沁みてきた。無言で蒲生から立ち去ろうとすると不意に雲雀の声がした。こんな早い時期に、幻聴かと疑ったが、間違いなく雲雀。もしかすると地鳴きかもしれない。しかし、この辺りでは、震災前も久しく聞くことのできなかった声だ。人間が住めなくなった土地に雲雀が戻ってきたのだった。生きることの不条理に、さらに胸奥が疼いた。

鳥は何処へ

鳥帰る（春）

物ぐさな性格が災いして、この歳になっても、人に自慢できる趣味は一つもない。皆、中途で投げ出してしまっている。わずか命脈を保っているのは、バードウオッチングぐらいだろう。これはもともと行動的かつ根気のいる趣味でフィールドワークが必要不可欠。だが、私の場合は、例えば、冬は寒いので車に乗ったまま、しばらく小鳥がやってくるまで待つといった、ぐうたらを絵に描いたようなやり方である。あるいは木の根元にしばらく座ったまま息を潜める。すると、尉鶲《じょうびたき》や便追《びんずい》、鵐《しめ》などがすぐそばまで寄ってくる。車のドアを開けっ放しにして垣根に足を突き出していたら、そのそばを目白が何羽も通り過ぎていったこともあった。極めつきは、我が家のベランダから、眼下の砂押川を双眼鏡で眺めるという実に安直なバードウオッチング。幸い、川には多くの鳥類が季節ごとに訪れるから、けっこう楽しめる。秋から冬にかけては鴨類がかなり多い。今冬は大鷭《おおばん》がやたら目に付く。人が居なくなると土手にまで上り、土鳩と一緒になって何かついばんでいる。尾長鴨や緋鳥鴨《ひどり》、金黒羽白《きんくろはじろ》、それに川秋沙《かわあいさ》。白鳥も二、三十羽ほどやってくる。白鳥は昼より夜の方が活動的で、ことに雪夜、首を潜らせては懸命に餌を探している様子は幻想的でさえある。もっとも、そんなことにうつつを抜かしている姿は、家人には、ただの酔狂としか映らないようだ。
三月になると、白鳥の飛行を多く目にする。北帰行《ほっきこう》のトレーニングである。例年、三月末には白鳥も鴨類も姿を消す。残るのは留鳥の軽鴨だけ。

この国の桜を見ずや鳥帰る　森　澄雄

という句があるが、東日本大震災の翌年の平成二十四（二〇一二）年、白鳥の北帰行は遅れに遅れた。四月半ば、桜が咲き出しても残っていた。三十年以上もここに暮らしているが、こんなことは初めてで、被災地を愛おしんでくれているようであった。この年の宮城県多賀城の白鳥に限って言えば、花見を終えて帰ったことになる。

帰らんと我はいづくへ鳥帰る　森　澄雄

この句の〈帰らんと〉との打ち出しは、陶淵明の「帰去来辞」の冒頭を想起させる。淵明は実際に故郷に戻り隠遁生活を送った。しかし、〈我はいづくへ〉という中七のためらいや迷いには、帰る場所の不明とともに、その手立ての不可能さに立ち合っている悲嘆が深くこもっている。澄雄は、この句の数年前、平成七（一九九五）年、脳溢血によって半身不随となり、以後終生、車椅子の生活を強いられた。そうした不遇への思いが、この表現を生んだのであろう。しかし、ただ悲嘆しているだけではない。「無弦の琴」とは淵明の言葉だが、帰郷は肉体的には叶わなくとも、想念としては可能である。そして、本当に自分が帰るべきところは何処なのか。その希求の自問自答が、この言葉をもたらしたともいえよう。作者の近江通いはよく知られているが、そのことを踏まえれば、この句は、詩歌に懸ける者が遂に帰るべきところとは古典の時間の彼方であると暗示しているようにも読める。

鳥帰る無辺の光追ひながら　佐藤鬼房

鳥が渡りをする理由はいろいろ考えられるようだが、採餌のためとするのが通説となっている。食物説である。北方では、春には爆発的に植物が芽吹き、昆虫が大量に姿を現す。これが鳥の餌となり繁殖を支える。その量が急激に減少する冬は、南へ飛行し餌を探す。南に行く距離が長ければ長いほど、多くの餌を食べることができる。こうして、遠距離の渡りをするものだけが生き残り、今の渡り鳥の習性になった。寒暖が原因という説もある。例えば、燕は気温に非常に敏感で、ほぼ摂氏九度の等温線に沿って南下、北上することが確認されている。気温の変化によっては、渡りを途中で中断したりもする。鳥が光を求めて飛行する傾向があることに注目し、渡り行動を説明しようとする説もある。実際、鳥の渡りは、昼は太陽を、夜は星を手がかりとして方位を認識する。星椋鳥《ほしむくどり》という昼間に渡る鳥を籠に入れておくと、渡りの時期にはいつも決まった方向に体を向ける。籠に差し込む太陽の方向を鏡を使って人為的に変えると、変わった太陽の方を向くという。このような実験の結果、多くの鳥が太陽光の方向と自分の体内時計を突き合わせて方角を知ると判断できるのだそうだ。正木ゆう子は、「彼らは何処かへ行きたくて移動しているのではないのではないか。動いているのはむしろ大地の方なのだ。

地球は公転することによって太陽との位置関係を変えてゆく。動く大地の上で渡り鳥はただ太陽に対して同じ位置を保とうとして移動しているだけなのでないだろうか」と述べている。それなら、この句は、単なる想念のみの所産ではなく、現実の鳥の生態を踏まえた上での着想ということになる。鳥が渡りをするようになった時期は、氷河期からとか、大陸移動の大きかった頃からとか、こちらも諸説ある。いずれにしても、渡り鳥は太古から光を追い続けて生きてきた。この句には、そうした気が遠くなるような時空への思いが込められている。

三月十日も十一日も鳥帰る　金子兜太

東日本大震災の句である。この句の〈三月十日〉を、私は初め、大災害に遭遇するなどつゆほども疑わない平穏な前日と受け取って角川『俳句』(平成二十四年三月号)の小澤實との対談で鑑賞した。早速、読者から、反論のはがきを頂戴した。それには、戦時を体験した者からすれば、この三月十日は東京大空襲のあった日以外としては鑑賞できないと記されてあった。つまり、大災害があった尋常ならざる二日を並べ、それらの日と、帰る鳥を対比したというのである。あとで知ったが、作者自身も東京大空襲の日を意識して作ったとのことであった。不明を恥じたが、今再読すると、三月十日を平穏な日と読もうが、東京大空襲の日と読もうが、この句が開示している世界の魅力にさほど径庭《けいてい》がないことに気づく。なぜなら、どちらに読んでも、それは人間世界のことであって、渡り鳥にとっては、何の関わりもない日々、他の日と変わらぬ必死の一日に過ぎないからだ。この句の核心は、人間と鳥との、その気の遠くなるような歳月の時空の対比にこそある。

雁風呂という季語がある。もとより空想に基づくものだが、秋に飛来する雁は、木片を口に銜えたり、足につかんだりして運んでくると伝えられてきた。渡りの途中でそれを海に浮かべ休息するのである。海岸に着くと、不要となるので木片はそこに捨てられる。春になると、また木片を銜えて海を渡ってゆく。だから、そこに残った木片の数は日本で捕らえられたり、襲われたりして死んだ雁の数ということになる。その木片を拾って焚き、供養として旅人などに振る舞ったのが雁風呂である。青森県の外ヶ浜の習俗と伝わっている。

雁はかつて千島列島などの海岸や陸地を休み休み渡って来ると考えられていた。しかし、近年の調査では、雁は千キロから二千キロの距離を十時間から二十時間かけて一気に飛んでくると判明している。そうした事実からは雁風呂の伝説はかけ離れるが、渡りの間や越冬中に襲われたり撃たれたりして数知れない雁が死んでいるのは紛れのない事実である。雁は江戸時代は狩猟を禁じられた。しかし、明治になってから解禁され、一気に減少したと言われている。雁風呂は、想像力の所産とはいえ、そうした雁たちへの、実に素朴で温かい思いやりが生んだレクイエムなのである。その姿勢は掲句にも通じよう。渡りに生きる鳥たちの命のあり方への厳粛な思い。それは、戦争という過酷な現実を生き抜いてきた人間のまなざしが生んだものである。

この道の先に原子炉鳥曇り　　池田澄子

日本の原子炉は福島の廃炉済みを含めて全国十九か所に六十基ある。すべて海沿いに立つ。理由は炉を冷やす海水を取り入れやすいからだ。原子炉が立つ渚は、元々さまざまな海の幸が寄せてくる場所であった。かつて漁村の墓は、みな、その渚近くに海を向いて建てられていた。渚は、現世と他界を結ぶ魂のよりどころでもあったのである。しかし、昭和三十一（一九五六）年以降、そこに現代の繁栄の象徴と言われる、原子炉が次々と建てられ始めた。そして、その繁栄の象徴は、東日本大震災の津波によって、人類生存の如何にも直結する未曾有の凶事をも生んだのであった。この句は平成二十三（二〇一一）年より前のもので、このたびの災禍とは直接関わりないが、その凶事の予兆として読むことも可能だ。〈この道〉とは人類の滅亡への道である。〈鳥曇り〉は、天の神々の鬱屈と受け止めることができる。原子炉がそのまま人間の墓標となる日が訪れないことを祈りたい。

此秋は何で年よる雲に鳥　　芭蕉

身の衰えとそれゆえの孤身の思いが湛えられた芭蕉の死の直前の傑作といっていいだろう。この〈雲に鳥〉は「雲に入る鳥」という春の季語ではないというのが、定説のようだ。それは作句時期が九月であることと、〈此秋は〉という季の実感を優先させるゆえである。山本健吉も「鳥雲に入る」の季語とは関係がないと『基本季語五〇〇選』で断言している。確かに、この句の悲嘆の思いは、深まる秋のものである。しかし、それでも私には、この雲間の鳥には、消え去りつつも、いつかまた戻ってくる懐かしさ、つまり「帰る鳥」への思いが揺曳して仕方がなかった。そんな折、飯田龍太の「悲愁の中の明るさ」という一文に出会った。そこには、この句から「眼をつむって瞼のなかに群れる高空の鳥たち。その茫洋たる様にふるさとを求める一抹の甘美さ」を感じ、「春の季語としての『鳥雲に入る』という言葉がこの句を見るたびに思い浮んで、それを拭い去ることがどうしてもできない」とあった。自分の感受が間違いでなかったと知った瞬間である。季語は、時として、さまざまな時空を巡り重層し、春夏秋冬を超えて、人間の思いを照らし出す。

眠る胡蝶

蝶（春）

蝶と聞いて、まず思い浮かべるのは菜の花畑を飛び交う紋白蝶である。私に限ったことではないだろう。では、そのイメージはいつのどんな場面に基づいているのかと問われると急にあやふやになる。私の印象に残っている菜の花畑の蝶と言えば、松島湾内の桂島や野々島のもの。だが、その景色に出会ったのは三十代になってからだ。では、私の記憶にある蝶はどこからやってきたのだろうか。

いろいろ思い巡らすと、「蝶々　蝶々　菜の葉に止れ」で始まる野村秋足《のむらあきたり》作詞の「ちょうちょう」の唱歌に行き着く。これは明治十四（一八八一）年に文部省の唱歌として紹介されたもので、ドイツ民謡が原曲である。日本語の歌詞は氏の独創ではなく、愛知県あたりの童歌を改作したものなのだそうだ。民間では蝶は菜の花などの蜜を求めて飛び回る可愛らしい昆虫として伝わっていた。それが唱歌によって広く定着したのだ。横井也有《よこいやゆう》の『鶉衣《うずらごろも》』にも「てふの花に飛ひかひたるやさしきものゝかきりなるへし」とある。

しかし、日本における蝶のイメージはかつては、愛らしさより不気味さ、不可思議さの方が一般的であった。蝶の飛び舞うさまは、死者の魂の行き交うさまと信じられてきた。『和漢三才図会』では、越中立山の地獄道の地蔵堂について、「毎歳七月十五日ノ夜、胡蝶数多出テ此ノ原ニ遊舞ス、呼テ生霊市ト曰フ」と記されている。生霊市は草市のことでもあるが、亡くなった魂の集いの場ということであろう。ミャンマーでは肉体から離れやすい霊魂を「蝶霊」というらしい。蝶の飛ぶ姿からの連想であろうが、蝶が卵から幼虫、蛹、さらに成虫と変化するさまや冬になると姿を消し、春になるといち早く現れることから、命そのものの復活や不死と結びつけ、その神秘性を重んじたのだと判断することができる。萩原朔太郎の詩「恐ろしく憂鬱なる」では青ざめた屍体の周りを「てふ　てふ　てふ　てふ　てふ　てふ」と飛び交う。この淫猥な幻影の蝶も、実は近代的詩性の所産でというより、こうした伝統的な美意識がもたらしたものと指摘できる。「蝶」は漢名である。和名は「かはひらこ」。川辺にひらひら舞うことから、この名が生まれたという説と、蝙蝠《こうもり》と同じく膜翅《まくし》を張るところから「かははり」つまり皮張りが語源との説がある。蝙蝠と同列なら、やはり、初めから不気味さはついてまわっていたということになる。「ひひる」との呼び名もあるが、これは蚕蛾のことのようだ。

こうしたことも関係して日本の上代の詩歌では、蝶はそれほど用いられなかった。『万葉集』には登場しない。同じ奈良時代の漢詩集『懐風藻《かいふうそう》』には「柳絮未だ飛ばず蝶先づ舞ひ、梅芳猶遅く花早く臨む」との表出がある。『古今集』をはじめ、他の八代集にもほとんどない。『源氏物語』の「胡蝶」の帖には蝶を詠った和歌が残されている。平安時代後期の『堤中納言物語』の「虫愛づる姫君」は、毛虫をかわいがる風変わりな姫君の話だが「人々の、花や蝶やと愛づるこそ、はかなくあやしけれ」とあって、一般には蝶は花と同じように愛でられるものと認識されている。しかし、ここにも古参の女房の台詞として「蝶は捕ふれば、手にきりつきて、いとむつかしきものぞかし。又、蝶は捕ふれば、瘧病《わらはやみ》せさすなり。あなゆゆしとも、ゆゆし」とあるように、蝶は病いを運ぶ不吉なものとされている。実際、蝶に触ると皮膚がかぶれるといった言い習わしは今でも残っている。

なぜ、こんなことにこだわるか。それは日本の詩歌で蝶が詠われるようになったのは、実物の蝶の姿そのものへの関心よりも中国の思想や伝承上の関心によるのではないかと思うからである。ことに『荘子』の「胡蝶の夢」の故事がもたらした蝶のイメージの影響は、蝶を素材としたどんな詩歌も避けて通ることができない。俳句もまたしかりなのである。泉鏡花の戯曲『天守物語』の蝶も川口松太郎の風俗小説『夜の蝶』も例外ではない。

釣鐘にとまりてねむるこてふかな　　蕪村

これは釣り鐘にそこに止まった蝶を配し、大小、軽重、剛柔、そして永遠と瞬間など、多様な異質世界を対比した、俳句の取り合わせの見本のような句である。それだけでも、十分魅力的だが、現実として蝶がいつまでも釣鐘に止まる状況は想像しにくい。〈ねむるこてふ〉はやはり、荘子の「胡蝶の夢」を意識した虚の所産といえよう。荘子は蝶になった夢を見ていたが、眠りから覚めるとやはり人間であった。しかし、蝶が人間になったのか。人間が蝶になったのか。どちらが真実なのか不明だが、つまりは、それは人間のこざかしい認識、判断であって、そういう対立概念自体元より虚妄である。区別はあるが、万物変転の一相に過ぎない。これが荘子の考えである。だから、揖斐高《いびたかし》が指摘するように「その夢も鐘が撞かれれば、大音響で一瞬にして破られてしまう」ことになる。荘子の思想が単純化された構図の中に端的に形象化されているのである。

うつつなきつまみごころの胡蝶哉　　蕪村

これも荘子の胡蝶を踏まえている。〈うつつなき〉は頼りないというぐらいだろう。蝶の翅を抓んだときの何ともいえない触感を〈つまみごころ〉と表現した。たちまちに翅がとれてしまいそうな、はかなさが的確に言い止められている。春の陽光もあいまって、もしかしたら夢の中の出来事ではないかとさえ思える触感、忘我の思いが揺曳している。蝶の命のはかなさに通ずる生命感であり、やはり、彼此一体の世界である。

この句を読むたびに思い出す小説にヘルマン・ヘッセの「少年の日の思い出」がある。主人公である蝶好きの少年が友人が収集した珍しい蝶を盗み、そして、その蝶をぼろぼろに壊してしまう話である。結末は、とりかえしのつかないことをした後悔から自分の採集した蝶をすべて「指で粉みじんに押しつぶして」しまう。その傷ましい蝶の翅の〈つまみごころ〉は、いかばかりであったかとつい想像してしまう。

つまみたる夏蝶トランプの厚さ　　髙柳克弘

現代の青年の指先がとらえた翅の触感である。夏蝶だから、おそらくは揚羽蝶。それならばトランプは絵札のジャックあたりがふさわしかろう。トランプは紙製だろうが、厚さにこだわり、かつ個人的な好みを優先するならプラスチック製の方がいい。プラスチック製のものが私の少年時代に普及したという事情もあるが、復元力が強い弾性に富んだ札の方が捕まったばかりの揚羽蝶の抗う翅にふさわしいからだ。もっとも標本となった蝶の翅なら、やはり紙製である。質感がそれぞれ異なるが、いずれにしても、抓まれた翅は、蝶の死の予兆もしくは死そのものの象徴として詠まれている。

蝶々のもの食ふ音の静かさよ　高浜虚子

蝶は固形物を食べないから花の蜜を吸っているさまを比喩的に表現したものであろう。蝶は「一頭、二頭」と数えると言われている。英語で家畜を数える際に「head」を用いていたのを昆虫学者が蝶の数え方に援用し、それが直訳されたものらしい。この数え方は蝶が獣の一種でもあるかのような錯覚をもたらす。確かにクローズアップされた蝶の、毛に覆われた顔は動物的で、この数え方が自然と納得できる。顔を俯かせて、翅をゆっくり動かし、細長い口吻を花に差し込んで蜜を吸う姿は、なるほど物食う姿である。この句の本領は、音をはっきりと聞き取っているところだ。「静けさ」ではなく〈静かさ〉という表現の力だ。〈静かさ〉は音の程度であって、虚子の耳には、しっかりと蝶の物食う音が聞こえている。芭蕉の〈閑かさ〉と同じだ。「蝶」の旁《つくり》は「葉」と同じく、薄くひらひらしたものを指す。つまり、限りなく植物に近い生き物でありながらも、むさぼることで命をつなぐ、言わば獰猛な生き物としての蝶の一途な姿が表現されている。

蝶われをばけものとみて過ぎゆけり　宗田安正

美しい蝶が人間の姿を借りて訪れてくるのは、小川未明の「月夜と眼鏡」などでおなじみである。だが、この句では、蝶にとって人間は初めから化け物として登場する。そう言われてはっとするのは私一人ではあるまい。蝶の天敵は成虫では鳥。幼虫では蠅や蜂などの昆虫。しかし、なんと言っても恐ろしいのは草花をはじめすべての自然環境を台無しにし多くの生き物を死滅させる人間である。人間こそ化物、だから、蝶が例の複眼をさらに大きくして、無言のうちに飛び去っていくのである。この世界観の逆転もまた荘子の世界に通じる。

地震過ぎし一湾の輝り蝶生る　鍵和田秞子

東日本大震災を契機とした句である。ただし、「西行祭の日に相模灘にて」の前書があり、実際、句が生まれたのは相模灘である。生まれてから何度も地震を経験してきた。そして、また地震が起こった。その海の照り返しに呼応するように今年もまた蝶が生まれた。それも壊滅ののちの蘇りとしての蝶である。命そのものへの確たる信頼が基盤となっている。

あをあをと空を残して蝶分れ　大野林火

二頭の、おそらくは紋白蝶が、菜の花畑から晴れた空へとくるくる絡まり睦み合いながら上っていく。そして、二頭が離れた瞬間、空のみが残った。世界の始まりの黄、めくるめく絶頂の白、永遠に残された青といった色彩の妙もさることながら、分かれていった蝶の行き先がいかなる色の世界であるか語られていないところに、実は人間の目には見えないもう一つの世界が映し出されてくる。蝶は一体何処の世界へ消えたのか。この句もやはり荘子の世界の延長にあるに違いない。

ほたるの山河

蛍（夏）

平成二十五（二〇一三）年の五月にベトナムを旅行した。海外旅行がごく普通になった昨今だが、出不精の私にとっては画期的なことだった。日本を離れるのは、これが初めてなのだ。たぶん、一生日本を出ることなどないだろうと漠然と思ってもいた。

旅行企画のお膳立てに乗っただけなのだが、それにしてもベトナムが初海外とは、我ながら感慨深いものがあった。活動家ではなかったが、私の学生時代は七〇年安保の真っ盛りで、ベトナム戦争は、そのもっとも関心を呼んだ出来事の一つだった。旅行中もさまざまなことが脳裏に蘇った。さらにはベトナム戦争は未だ過去の出来事ではないという、当然のことだが、私のなかから消えてしまっていた事実も眼前に突きつけられ、そのショックに粛然たる思いも味わった。これでは、東日本大震災を被災地以外で忘れられても、それを非難することはできないと深く反省させられた。

その旅行も終盤に入った五日目、クルーズでメコンデルタの中州を訪れた。クルーズと言っても日本の地方の古びた観光船のような小舟。日本語の音声ガイドがメコン川のことや中州の生活などを教えてくれたが、その話が夜の観光にも及んだ。この河口一帯は蛍の繁殖地で、その光るさまを見るために観光船も出るという。その時、同行の一人が、「ああ、開高健ね」と呟いた。その呟きがまだ終わらないうちに、私の脳裏にマングローブの木にきらめく見たこともない無数の蛍が鮮やかに見えてきた。開高健が「岸辺の祭り」で「クリスマスツリーのようになる」と表現した群生である。

それも何千、何万というおびただしさである。枝という枝、葉という葉にしがみついてひとしきり輝くと、ふっと消えてどこかへ去る。ここの蛍は日本の蛍のように一匹、一匹が明滅するのではなく、先頭かどこかにいる一匹が輝きだすとそれにつれて全群がいっせいに蒼白に輝き、またいっせいに暗黒に沈むという習性を持っている。

と解説し、さらには「どよめく大喚声が聞えそうである」と付け加える。さぞや大きな蛍なのであろうと胸がときめいた。ところが、後日、仏文学者の奥本大三郎さんにうかがったところ、この蛍はかなり個体の小さな種類なのだそうだ。点滅の仕方も日本の蛍と違うらしい。なかなか想像が難しそうだが、それらの蛍を、明日をも知れぬ戦士たちは、どのような思いで眺めていたのだろうか。

人殺す我かも知らず飛ぶ蛍　　前田普羅

大正二（一九一三）年に作られた句である。明治の富国強兵のもと、日清戦争、日露戦争と勝利し、日本は神国と国中が鼓舞された。だが、実際には戦争の費用は莫大な国債に頼り、それは重税となって国民の肩にのしかかってきていた。第一次世界大戦も開戦間近で、国中の若者は不安と焦燥に駆られていた時期である。普羅は、この句の自註で「蛍が闇中を飛び行く有り様の如く目前の方向さへ判らなかつた自分の如きも激情に駆られて何をやるかも知れない状態で自ら警戒したほどだつた」と述べていたが、まだ二十代であった普羅個人の不安定な時期であったことを差し引いても、当時の若者の心情を代弁する言葉と読むことができる。それは明日、ベトナムのジャングルの中で銃を撃ち合ったり、場合によってはナイフを振りかざして格闘したりしなければならない兵士と、時代を超えて通底するものがある。普羅が目にしていたのは数匹の蛍、「岸辺の祭り」の主人公が目にしていたのは数万という違いはあるが、その命の明滅を前にしたおののきは同質なのである。

蛍の光は、平安時代の女性にとっては燃え上がる恋の炎そのものであった。もっとも著名なのは、

物思へば沢の蛍もわが身よりあくがれいづる魂かとぞ見る　和泉式部

であろうか。二人目の夫に忘れられた頃、貴船神社に参詣して得た歌だそうだが、これは蛍を単に人恋う心に喩えているのみの歌ではない。〈物思へば〉という自己認識の前提があって、その上で自らの内部から抜け出た蛍を驚きをもって見ている作者が見えるからだ。言わば、生身の自分が自らの心のありようにおののいているのだ。そういう意味では、戦争を身近にした

心と恋心との違いはあれ、普羅の蛍とも通い合うものがあるともいえる。〈あくがれ〉は「吾《あ》・処《く》・離《か》れ」であると寺田透は『和泉式部』で解説している。それを前提にすれば、自分さえも計りかねる人間の心の不可思議さをいっそう鮮明に伝える効果を担うことになる。

よろけやみあの世の蛍手にともす　横山白虹

和泉式部とは対照的に、存在するはずのない死の世界からやってきた蛍を詠んでいる。死の世界からやってきたのだが、死の世界へ誘うためなのか、未だ現世にとどまれと諫めるためなのか。鑑賞の分かれるところだろう。〈よろけやみ〉とは鉱山に従事する人がおびただしい粉塵を吸うことから起こる、いわゆる珪肺《けいはい》病のことだ。進行すると呼吸能力が低下し、肺結核などを誘発する。作者は北九州で長い間医業に携わった人。だから炭鉱労働者の塵肺をたくさん診てきたのだろう。〈よろけ〉という言葉から、鉱毒などの影響もあったのではないかと、銀山を舞台にしたミュージカル「よろけ養安」を観たことをふと思い出した。この蛍は、まだ死の世界に来るのは早いと灯り出したものと解したい。近代の公害をいち早く題材とした句である。

じゃんけんで負けて蛍に生まれたの　池田澄子

こちらは蘇りの蛍である。蘇りとは文字通り黄泉から帰ってきたことだから、生き生きしていそうだが、そうでもない。それは、蛍の光のありようにも関わりがある。蛍は発光器内で発光物質が酸化反応を起こすことによって発光するのだそうだ。仕組みを調べれば調べるほど難しくなるので、記すのをやめておくが、光はその効率が非常に高く熱をほとんど出さないので冷光と呼ばれる。俳人で自然科学者だった永野孫柳《ながのそんりゅう》が、これを未来の光源にあてることができれば、エネルギーの効率化につながると書いていたことを思い出す。その光の冷たさが、たぶん、負のイメージをもたらすのだろう。さらに、蛍のほとんどは卵や幼虫の頃から発光するが、それは生殖のシグナルであると同時に、外敵に嫌われるためという目的があるようだ。つまり、嫌われ者の光なのだ。土蛍などにその印象がことに強く、除け者のイメージに重なる。作者が述べるようにじゃんけんそのものの勝ち負けには意味はない。だが、意味があれば反発のしようもあるのだが、意味がない分、いっそう〈負け〉たという得体の知れない意識だけが、当人に重くのしかかる。その意味のないものを背負って生きるというのが、つまりは、人間誰しもの、この世を生きるあり方ということになるのだろうか。

ほうたるに逢はず山河のほのぼのと　阿部みどり女

蛍のもっとも鮮やかな思い出は小学生の頃にある。私の生まれ故郷は山の麓なので、清流も多く、夏には夜毎、竹箒を持って蛍を追い回した。隣町に、今思えば、蛍のためについたような地名だが、沢辺というところがあって、源氏蛍《げんじぼたる》の北限として名が知られていた。そこに父が参加していた俳句会で蛍見物に行くことになり私も便乗した。オート三輪という、今はもう廃れてしまった乗り物の荷台に乗せられた。現地に着くとめいめい懐中電灯をたよりに畦道を数分歩く。蛍が手に届く距離をたくさん飛んでいる。しばらく見とれていると遠くから同行の人の声がする。「ムツオ、どこにいる」と何度も呼んでいる。真っ暗で怖いし、ここでも十分蛍を観賞できる。そう思って声の方には近寄らないでいた。しばらくすると声の主が戻ってきて、「なんだ、ここに居たのか、さっき来れば蛍合戦が観られたのに」という。蛍合戦、何のことかわからなかったが、その人の話によると無数の蛍が二手に分かれて集まり、川の上空でもみ合いぶつかり合うのだそうだ。すると、ぶつかった蛍がいっせいに川面に落ちる。その光が流れていくさまが、また美しいという。「まあ、この次来たとき観るべ」と話は終わった。私の脳裏には滝のようになって流れ落ちる蛍のイメージが像を結びそうで結べないもどかしさのまま残った。そして、「この次」という言葉とは裏腹に爾来、六十年近く経っても、蛍合戦とまみえる機会はなかった。沢辺の蛍は、その後しばらくして、生活排水の流入や農業用水の取水制限のため、ほとんど姿を消した。近年復活しつつあると聞くが、昔の面影はもう戻らないだろう。

掲句は、昭和四十（一九六五）年の作。まだ蛍がけっこう見られた頃の句だ。作者が、福島県の相馬の山へ蛍見物に出かけた時のものだ。「一匹の蛍にも逢わなかったが、ほのぼのとした山河に蛍以上に満足した」と自註で述べている。私が、この句に出会ったのは、まだ十代の頃。作者みどり女は八十代に手の届く頃。〈ほのぼのと〉という充足感は何となく理解できながらも、なぜか、その山河のありように寂しさも感じた。年齢差もさることながら、私が蛍そのものに滅びの予感を必要以上に感じていたせいかもしれない。山河がやすらかであればある分、言いしれぬ空疎感と蛍への憧憬が募る。それに、相馬が東日本大震災の放射能汚染地の一角であることを重ね合わせると、その穏やかな山河への謝罪の思いが胸底から湧いてくる。

雁が残したもの

雁《かりがね》の声のしばらく空に満ち　高野素十

雁（秋）

雁は「かり」「がん」のいずれに読んでも、その声が語源と言われている。「かりがね」とも読むが、これはそのまま雁の音、つまり声ということである。村松紅花《こうか》は『素十俳句365日』で、この句の鑑賞にあたって、自分は雁の声を聞いたことがないので、自信をもって鑑賞できないのは残念と率直に語っていた。私も十代半ばまで、雁がどんな声で鳴くのか聞いたことがなかった。いや、雁の声を認識できていなかった。なぜかというと、雁は、我が家の空を毎年群れをなして往来していたにもかかわらず、雁の声などに関心がなかったからだ。雁の飛来の南限とされている最大の集中越冬地、伊豆沼や蕪栗沼《かぶくりぬま》が目と鼻の先なのだ。私に俳句の手ほどきをしてくれた松本丁雨という俳人に、雁の声を知らないと伝えたことがあった。その時、ひどく驚いた顔をしていたのを、今でも鮮明に覚えている。雁の声を初めて知ったのも、この人の一言であった。私がまだ高校生の頃である。句会がはね、寺の参道を二人で下っていた。「あっ、雁だ」という声に耳を澄ました。何か囁きに似た音が、ほんの一瞬だが、耳に残った。

雁の声なのかどうかも判別しかねながら、いぶかしげに夜空を見つめていた。それが、やはり雁の声だと確信できたのは、伊豆沼がラムサール条約に登録された頃だから、それから二十年ぐらい経てからであった。

　雁の鳴き声は「がーん、がーん」とも「かりかり」とも聞こえるという。確かに、餌を漁るときは「がーがー」と聞こえる。飛翔中は、「かやかや」と会話しているようにも、何かを求めているようにも聞こえる。それでいてどこか力強い。もっとも雁の種類によって鳴き声が異なるそうだから、なんとも言えない。菱食《ひしくい》は声が大きく遠くまで響き渡り、四十雀雁《しじゅうからがん》は喨々《りょうりょう》として高く鋭いと山本健吉は『基本季語五〇〇選』で指摘している。

　素十の句は、雁の声が消えたあとの広々とした空を詠ったものである。何もない空間に声だけが響き渡っている。〈しばらく〉をどれほどの時間と想像するかは読者の鑑賞に委ねられているが、満ちていたのは、わずかの時間であって、残響がさらにずっと続いているように感じられる。それは、〈満ち〉という連用中止形の効果だろう。空のどこかに見えない音叉があって、無数の雁の声がいつまでも共鳴しあっているかのようだ。

　この句は「ホトトギス」の昭和二十年三月号が初出である。そのことに着目した竹岡一郎は、「詩客」の「日めくり詩歌」で、東京大空襲の直前の作であることから、亡びの予感を感じ取ったと述べている。卓見の一つだが、そのことを踏まえ、また読み返すと、命そのものに触れたやすらぎが、いっそう豊かに感じられる。亡びと再生は紙一重であってこそ両方の思いが一層強まる。

夕焼や千年後には鳥の国　青本柚紀

平成二十五（二〇一三）年の松山俳句甲子園での最優秀賞句。渡り鳥の句ではないが、テーマにどこか共通性がある。千年後、人間が亡ぶのはやむを得ないが、代わりに鳥という生き物がせめてこの地球を支配していてほしいという悲観的願望がこめられている。今の十代の若者らしい屈折感である。閉塞性ばかりが先行する生き難い未来を見つめるまなざしと、そうした未来を生み続ける大人への意図しない批判さえ感じとることができる。蕪栗沼の原初的な雁のねぐら入りの情景が脳裡に浮かんでくる。

小波《さざなみ》の如くに雁の遠くなる　阿部みどり女

これは声ではなく、雁の飛ぶ姿。空全体を湖と見なし、その沖に縮緬《ちりめん》の皺のように消える雁の姿を言葉で描いた。初学の頃、俳句に次いで森田恒友から素描を学んだ写生の技が発揮されている。現実に、この日たくさんの雁が渡っていくのが見えたと自註にあった。しかし、これも作者の背景を探るなら、やはり、その折の心理が微妙に隠されていることを知る。この句が成った昭和十五（一九四〇）年には、長男浩昌、夫卓爾を相次いで亡くしている。雁は古来より白鳥と並び、常世の国から魂を運ぶ鳥と言われている。みどり女にとって渡ってきた雁すら、その便りを自らへ運んできた鳥ではなく、頭上を越えて、そのはるか彼方へと消え去る存在だったのである。春の帰雁として鑑賞したくなる。

私は、この句を口ずさむたびに千家元麿《せんげもとまろ》の詩「雁」の最終章を思い出す。

一団になつて飛んで行く
暖い一団の心よ。
天も地も動かない静かさの中を汝許りが動いてゆく
黙つてすてきな早さで
見て居る内に通り過ぎてしまふ

つまり、雁の一団とは、そのまま一団の魂なのである。
『万葉集』では雁は恋心を運んでくる鳥であった。

雲隠《くもがく》り鳴くなる雁の去《ゆ》きて居《ゐ》む秋田の穂立《ほたち》繁くし思ほゆ　大伴家持
雲の上に鳴くなる雁の遠けども君に逢はむとた廻《もとほ》り来つ　作者不詳

ともに恋い焦がれる思いを詠った歌だ。ただし、宴の席で雁に寄せる思いを下敷きに創作されたもの。万葉も後期では、すでに恋の題材として雁へのイメージの定着が進んでいたと言っていいだろう。比翼の鳥は想像の所産だが、一夫一妻制で死ぬまで離れることがないという雁の習性を思えば、比翼の鳥のルーツに雁も加えていいのではないか。これは蛇足だが『源氏物語』の夕霧が、長じてやっと娶ることができた正妻の名が「雲居雁」であるのも、この情趣の延長上にある。

しかし、俳句では、雁にもう一つのイメージが付加される。それは孤高と流離である。

病雁の夜さむに落て旅ね哉　芭蕉

近江八景の一つ「堅田《かたた》の落雁」がモチーフ。句が成った時、芭蕉は風邪を引いて寝込んでいたらしい。だから、病雁は、そのまま芭蕉の心理が投影されたものだ。堅田には何度も足を運んでいるから、実際に見た雁のイメージに基づいて作られたものだろう。それでも、なお、この病雁は心象そのものである。それは旅寝という場の設定にある。句が作られた場所が、寺の客間と蜑《あま》の苫屋との二説あるとのことだが、いずれにせよ限られた狭い空間であることが肝要だ。海老のように丸くなって自らの内部に籠もって眠りに入ろうとする孤独な姿を想像したい。そして、眠りに落ちる寸前に天空から一羽の雁が群れを離れて舞い降りてきたのだ。さらに、芭蕉と一体化する。『芭蕉』で安東次男は、この句から、門人の間の不和をきっかけに生じた病詩人の、連衆を求めやまない心の渇きを受け止めている。病雁の心理そのものでもある。孤高であってなお、互いに心通わせる姿勢が裏打ちされている。それは、自らの力だけを頼みとしながらも、集団となって渡りを続けなければならない雁そのものであろう。夜明けとなり病が回復すれば、また翼に力を取り戻し、高く飛翔する雁が芭蕉の姿と重なってくる。

雁やのこるものみな美しき　石田波郷

昭和十八（一九四三）年、波郷に召集令状が届いたときの句。「波郷百句」に「雁のきのふと夕とわかちなし、夕映が昨日の如く美しかつた。何もかも急に美しく眺められた。それら悉くを残してゆかねばならぬのであつた」とあるから、雁は、はじめから作者と一体化されて登場している。だが、前書にある「留別」を抜きにすれば、まず作者自身も残されるものの一つとして読める。渡りを宿命とする雁以外、地上に残されるものはすべて美しいという発想である。そして、同時に過ぎ去るものもまた美しいのだ。両者が、同じ時空を共有できないがゆえに生じる悲しみでもある。そして、その思いが妻子と別れ、死を覚悟して戦地に赴かねばならなかった波郷の心に重なる。「馬酔木」を脱会した波郷が「韻文韻文」において「俳句の韻文的真髄にかへれ」と主張していたのも同年の『俳句研究』九月号であった。雁はまた、目標とした芭蕉の俳句を象徴する季題。それゆえ、この句所収の句集名を前述の芭蕉句から借用し『病鴈』としたのだ。波郷は戦地に赴くとまもなく胸膜炎を患い、やむなく帰還してくる。昭和二十三（一九四八）年には成形手術。その後、体力を回復し、戦後の俳壇ではなばなしく活躍した。だが、それもつかのま、五十代は病と闘う日々となった。そうしためまぐるしい波郷の一生に思い及ぶとき、この句の〈のこるもの〉は、かつての夕映えや妻子を含めて、やはり、この世のすべてと感じられてくる。

雁の声生れゆるぎなき空の瑠璃　　木下夕爾

作句時期は定かではない。『定本　木下夕爾句集』の「『遠雷』以後」に所収されている。晩年の作であるのは間違いない。昭和三十四（一九五九）年の句集『遠雷』刊行、六年後に癌のため亡くなっている。そう思って読むせいか、この空の瑠璃色のたとえようのない深さは、やはり、命の丈を思い定めたがゆえに見えてきたものと確信してしまう。素十の句は、雁の声が消えたあとの静寂世界を、その消えたこと自体で表現した句であった。夕爾の句は、一瞬の声の出現が、移り変わりやすいはずの空の色を、そのもっとも美しい状態で言葉の世界に永劫に定着させる効果を生んでいる。「雁道」はかつて北方に存在するとされていた架空の雁の国のことだが、地理や科学の理解が進むにつれて忘れられてしまった。比例するように現実の雁そのものも姿を失いつつある。そんなことを念頭にするとき、この句の瑠璃の空こそ、その失われた雁の国「雁道」ではなかったかと思われてくる。

こおろぎの闇

蟋蟀（秋）

私は虫好きだが、知見は覚束ない。蟋蟀《こおろぎ》など、その鳴き声さえ未だにはっきり区別できない。閻魔蟋蟀とつづれさせ蟋蟀ぐらいはなんとかなるが、三角蟋蟀やおかめ蟋蟀の声となると曖昧というしかない。昭和三十九〜四十（一九六四〜五）年に刊行された角川『図説俳句大歳時記』にはソノシートの付録が付いていた。高校生だった私は、レコードプレーヤーで、その声に耳を傾けた。解説では、虫の声だった。春、夏、冬の部は季節の野鳥の声であったが、秋の部はなるほど、それぞれの違いがわかる。しかし、いざ外に出て実際の虫の声を聴くと、まるで勝手が違うのだ。判断がつくのは蟋蟀と馬追の違いぐらいで、あとはまさしく闇であった。

それでも閻魔蟋蟀の声はわかりやすい。声が高く澄んでいる。雄が縄張りを決め、他の雄がその範囲に入るのを許さず、たいがい一匹で駐車場の隅などで鳴いている。鳴き方にもいろいろ種類がある。「コロ、コロ、コロ、コロ、リリリリ」と繰り返し鳴くのが「本鳴き」で縄張り宣言。終わりを、「リリリリ」と切らずに「リー」と長く引っ張り、鳴き方も全体にやさしいのが「誘い鳴き」で雌がそばに近づいた時の鳴き方。雌が来ずに、代わりに雄がやってきて縄張りを侵すと、「キリ、キリッ」と鳴く。これを「争い鳴き」というそうだ。相手が退散しないと喧嘩が始まる。ただし、蟋蟀の喧嘩は頭と頭で押し合うだけで、押し負けた方が逃げてゆく。実に平和的な喧嘩である。小林清之介の『季語深耕［虫］』から教わった。

つづれさせ蟋蟀は、閻魔蟋蟀より、やさしく柔らかい声で鳴く。しかも、縄張りを主張せず集団で鳴くことが多い。「肩刺せ、裾刺せ、つづれ刺せ」と聴いたことから、名が付いた。この声がするとまもなく寒い冬。着物は肩先や裾がつづれやすい。つまり、ほころびやすい。だから、早めに糸と針で刺して繕いなさいと蟋蟀が諭しているのだと受け取ったのである。もっとも蟋蟀の初鳴きはずいぶん早い。東京郊外では八月中旬頃からだそうだが、東北の私の住まいあたりでは七月終わり頃から聞こえ出す。地域によっても差があるようだ。

奥本大三郎の『虫の宇宙誌』で知ったが、人間の脳は右と左に分かれ、左半球は言葉と計算の能力に秀れていて言語脳と呼び、右半球は音楽に秀れているので、音楽脳と呼ぶのだそうだ。機械やヴァイオリンの音のように、それ自体、意味の持たない音として聞く場合は右半球で聴く。鳥の声など、例えば「一筆啓上」とか「チョットコイ」などのように意味のある音として捉えるのは左の言語脳の働きのようだ。ところが、虫や動物の声を言語脳で聴くのは、どうやら世界でも日本人だけらしいのである。「肩刺せ、裾刺せ、つづれ刺せ」のような聴き方は世界の他の言語圏には考えられないということになる。

十代で出会って以来、忘れがたい蟋蟀の句に、

蟋蟀が深き地中を覗き込む　　山口誓子

がある。一読、どこか異様に感じられる。その理由の一つに、この蟋蟀が鳴いていないことが挙げられる。昆虫は、和歌連俳の世界では、長い間それほど重要なモチーフではなかった。それでも蟋蟀は『万葉集』に多く読まれている。

庭草に村雨降りてこほろぎの鳴く声聞けば秋づきにけり　　作者不詳

どの歌もみな声がモチーフである。声が蟋蟀の存在そのものであった。闇が今より濃い時代だから、当然と言えば当然のことだが、かくて蟋蟀は声として認知され、尊ばれ、その情趣が和歌伝統の中で一貫して育まれてきた。だが、誓子の蟋蟀は姿そのものである。しかも、どう判断しても押し黙ったままの蟋蟀。街灯の陰影も感じられ、そこに近代がある。芭蕉はもともと声が情趣であった蛙をその躍動の姿として捉えた。同様の発見がここにもある。芭蕉の蛙が、水音によって閑雅静寂の境地を生んでいるのに対して、誓子の蟋蟀は、姿勢に底知れぬ孤独感を漂わせている。『自選自解山口誓子句集』に拠れば、これは意図的に何かを寓意したものではなく、実際に「こおろぎが地面の穴のところに来て、その穴を覗き込んでいた」場面を見たと述べている。ただし、「それは人間の私の格好とちっともちがいはない。俯向くことにおいて、こおろぎも人間も変りはなかった」とも述懐しているから、こおろぎに自分自身を投影していることになる。この句は昭和十五（一九四〇）年の作。昭和十（一九三五）年に肋膜炎から急性肺炎を併発した誓子は一時重態にまで陥っている。その後も結核との長い闘病が続く。その深刻の最中に、句は生まれた。

一匹であることといい、存在感といい、種類は閻魔蟋蟀以外には考えられない。閻魔蟋蟀は複眼の周りに黒い模様があり、その上には眉のように淡褐色の帯が入る。この模様が閻魔の憤怒面を思わせるのでこの名が付いた。翌年太平洋戦争に突入するという時代的背景を念頭にするなら、覗き込んだ貌が閻魔に重なるのは、ごく自然であろう。地中の闇に人間世界の闇が被さり、慄然たる深さをも湛えることになる。蟋蟀は、作者の戦争への畏怖が生んだ虫でもある。

こほろぎの闇こほろぎの貌うかぶ　金尾梅の門

この句にも蟋蟀の貌が見えてくる。ここでも一匹。この蟋蟀は鳴いているとするのが自然だろう。雌を呼ぶためだから顔も上げていよう。蟋蟀の真っ黒な貌が、雨上がりの月光に照らされている場面などが想像できる。作者は実際に蟋蟀を眺めている訳ではない。声を聴きながら、その相貌を思い浮かべているのだ。それゆえ、一層、蟋蟀が作者自身そのものに重なってくる。瞬間瞬間を一途に生きるものの生のありよう。

旧石器以来こほろぎ黥面《すみ》深き　宮坂静生

その蟋蟀の貌をさらにクローズアップした句である。閻魔蟋蟀の顔の子細は、誓子の句のところで述べたが、眼に隈取られた黒や褐色の文様を刺青に見立てたわけである。刺青の歴史は古い。アルプスの氷河から発見されたアイスマンにも施されていたという。今から五千年前である。日本の縄文時代の土偶にもその痕跡がある。蝦夷やアイヌ民族に刺青文化が存在した傍証ともいわれている。黥面は顔の刺青。体に施すものを文身という。刺青を施す目的は呪術的慣習から身分などの個体識別、刑罰など多岐に亘る。ここでは、それらすべてを抱合した意味で用いられていると解したい。一万年近い昔から、刺青を施し生き存えてきた人類の顔が、同じように眼を大きく開けた蟋蟀の顔と一体になって迫ってくる。「深き」の一語が、ここでも生きることとは何かを問いかけてくる。

こほろぎや眼を見はれども闇は闇　　鈴木真砂女

一心不乱に鳴いている蟋蟀は複数であろう。かなりの数と解したい。その声は絶えず湧き上がっては消え、消えては湧き上がる。例えば寄せては返すほの白い波を思わせる。作者が眼を見張ったのは、蟋蟀を見つけようとしたからではない。湧き上がってくる波のような声そのものを見ようとしたのだと私には感じられる。無論、いくら眼を見張っても、声を見ることなどできない。だが、幾度も口ずさむうちに、不可視の世界と知りながらも、必死に眼を凝らす作者の執念がしだいに浮き彫りになってくる。見えないものを、なお見届けようとする、その思いは、愛憎の果てに一人生きていく道を選ばざるを得なかった作者の、自らの未来を見ようとする眼に他ならない。蟋蟀は、一匹一匹みな孤立そして孤独なのだ。闇の深さがそこに蔵されている。

むざんやな甲《かぶと》の下のきりぎ〳〵す　　芭蕉

ここでは昼の闇、それも甲の下に隠されている小さな空間としての闇。芭蕉が『おくのほそ道』の途上、小松市の多太神社に立ち寄ったときの句である。平家方の斎藤別当実盛が、老武者と侮られぬため白髪を黒く染めて勇猛に戦い討ち死にしたことは『平家物語』や謡曲「実盛」に詳しい。その遺品の甲を実際に見ての作だ。〈むざんやな〉の上五は首検分で召された樋口の次郎が実盛と見届けて嘆いた言葉をそのまま用いたもの。謡曲には「あなむざんやな」とあり、芭蕉も初案はそれを踏襲した。後に「あな」の二字を省いた。広瀬惟然のように念仏として唱えるなら「むざんやな、あなむざんやな」と繰り返したいところだが、五音に閉じ込めるストイシズムこそ俳句。きりぎりすが実際に鳴いていたかどうか。これも句の鑑賞にはその有無は問題にならない。実盛にたいする芭蕉の憐憫の思いが螽蟖《きりぎりす》の声を呼び起こしたともいえる。

この螽蟖は蟋蟀だとするのが定説となっている。だが、螽蟖と蟋蟀の混同はいつ始まって、いつはっきりしたか、つまびらかではない。千年前にも一応区別があったという説や長い間混同されて近代に至ったという説もある。蟋蟀それ自体が鳴く虫の総称でもあった。

実盛は、稲の切り株につまづいたことで討ち取られ、そのため死後浮塵子《うんか》となって稲を食い荒らすという伝説が生まれた。いわゆる実盛虫、虫送りの対象である。

我が家の前を砂押川という小さな川が流れている。別名勿来川《なこそ》。東日本大震災の折、津波が押し寄せた川で、堤防があと数十センチで溢れそうになったとは妻の話。その河原に蘆が生い茂っている。震災の前も毎年、秋になると夕涼みかたがた、虫の音を聴こうと、よく堤防沿いを歩いた。震災の年の秋、さて虫たちはどうなっているか心配しながら土手を上ったが、以前と変わらぬ声を河原いっぱいに一心に響かせてくれていたのを今もはっきりと覚えている。

海鼠の底力

海鼠（冬）

海鼠《なまこ》という得体の知れない生き物の存在を知ったのは高校生の頃、角川の『図説俳句大歳時記』に依る。もっとも、言葉としては、それ以前にも知っていたかもしれない。おそらく図鑑などで見てはいただろう。しかし、記憶に鮮明に残っているのは、この歳時記の「冬の部」でたまたま「海鼠」の項を目にした時である。この歳時記は高校時代の私のもっとも気に入りの書物であった。そこには、海鼠には、褐色に黒褐色の斑点をまじえたものの他に、白色や緑色のものまであると説明されていた。山育ちの私の、それまでの海の記憶といえば、二、三の海水浴場と、たった一度訪れた気仙沼岩井崎という岩礁地のみであった。海の珍味というものにもしばらく縁遠かった。牡蠣や海胆《うに》を好んで食べるようになったのは成人してからだ。恥ずかしい話だが、三陸を代表する夏の味覚、海鞘《ほや》はいまだに苦手で、いつぞや関西在住で海鞘が大好きな宇多喜代子さんに一笑に付されたことがある。

そんな訳で、当時、歳時記の「海鼠」の考証に「肴品中の最も佳なるものなり」（『本朝食鑑』）とあっても、食べてみたいとは思わなかった。だが、一つだけ心ときめいた記載があった。『和漢三才図会』に「奥州金花山の海辺に出づるものは金色を帯ぶ。金海鼠と名づく。極上となす」とあったところだ。金花山は金華山だが、そうした名前が冠された島の近くに棲む金海鼠《きんこ》とは、はたしてどのような生き物であるのか、その姿形を想像するのが楽しかった。だが金海鼠には、その後もお目にかかる機会はなかった。普通の海鼠は酢の物として何度か味わう機会はあった。黒海鼠よりも青海鼠や赤海鼠の方が旨いとも知った。独特の嚙み心地だったが、味とともにどこか得体の知れない心地がして、海鼠もまた今も好物と言えないでいる。だから、句材としての海鼠の魅力を本当に知っているのかと食通の俳人に念を押されると、つい海鼠のように口ごもってしまう。

ところで、その海鼠の魅力の源は何かといえば、その存在自体の不思議さという一言に尽きる。生き物であることのおかしさが海鼠にはある。

尾頭のこゝろもとなき海鼠哉　　去来

これは、その形態がもつおかしみを言い止めた句である。海鼠に尾も頭もないのは、当たり前だが、その当たり前のことを承知のうえで〈こゝろもとなき〉と言ってみせた。「こゝろもとなき」とは無いということではない。ぼんやりしているというぐらいの意味だ。しかも、不安だとか気がかりだという心理的な面も含んでいる。つまり、この句は海鼠に尾や頭があることを前提とした上で、どこがどうなのか区別がつかないと言っているのだ。すると、なにやら海鼠に見えない尾や頭があるような心地にもなってくる。しかも、〈尾頭〉というもってまわった大げさな言い方が、その不気味さを倍加する。同時代の浄瑠璃に「尾頭つきの大焼物あぢは昔にかはらめや」という文言があるようだから、神事や祝い膳の「尾頭付きの鯛」という物言いは、すでに一般的であったのだろう。つまり、鯛と同様の立派な尾や頭が海鼠にもあるはずだ、しかし、それは見えないと誇張をこめて、揶揄しているのである。謹厳な去来のとぼけ顔が見えてくる。

いきながら一つに氷る海鼠哉　　芭蕉

これは数匹の海鼠が桶の隅にでも固まっているさまを詠んだもの。この海鼠はみな、早晩に食べられてしまう運命にある。〈蛸壺やはかなき夢を夏の月〉に通う主題で海鼠の姿形が醸し出す憐れさがある。尾も頭もないことは無論だが、『古事記』の口を開かないというイメージも加わってくる。ヒコホノニニギの天孫降臨のくだりに出てくる有名な逸話に見える。アメノウズメが海の魚をことごとく集めて「天つ神の皇子にお仕えいたすか」と問いかけたとき、たった一匹、海鼠だけが答えなかった。そこでアメノウズメが海鼠の口を切り裂いたという話で、海鼠の口の起源譚となっている。もともとは独立した笑い話だったらしい。読みようでは蝦夷や熊襲といった抗うこと久しかった地方民族の謂とも受け取れる。一か所に氷りつくしかない海鼠の姿に、私などは、そうした滅びゆくものの姿もつい重ねてしまう。さらに、ここでは〈氷る〉ことが、口の利けない海鼠の唯一の抵抗となっている。諧謔や滑稽という言葉は、包容する世界が多様で、一言ですべて括ることには慎重でありたいが、根底には、こうした弱者の抵抗心や反骨心がかならず潜んでいる。いや、そうした切羽詰まったぎりぎりの思いが背景いる。

になければ、笑いは表面だけのうすっぺらなものに終わってしまう。〈氷る海鼠〉を見つめている芭蕉の眼は、進退窮まった命の、訴えたくとも訴える術のないものの生きざままで捉えている。

海鼠切りもとの形に寄せてある　小原啄葉

こちらは、すでに命がなくなった海鼠。それをあらゆる感情を排除して、まさに一刀両断にしたハードボイルドな句である。海鼠の丸く固まった姿は、確かに生きているとも死んでいるとも一見判別しがたい。そうした視覚の盲点を突いたのである。切って、また、寄せられた海鼠は、どうやら、そのまま再び動き出しそうでもある。実際、海鼠には再生能力があり、海鼠腸《このわた》用に腸を除去しても約一か月で再生するという。腸を採取するために切った背部の傷は約一週間で治癒するとも言われている。体そのものを切られても別個の個体として生き延びるのだそうだ。こうしたことを前提にすれば、俎の上の切られた海鼠が、時間が経てば、いつのまにか平然と動き出しても何も不思議ではない。どうも、しだいに作者の術中に取り込まれている。この句は、そうした人間には計り知ることができない生命の奥深さというものを即物的に捉えたものである。それをユーモラスに表現したのが次の句である。

箸で追ふ海鼠死しても逃ぐるなり　深谷雄大

宴会の席での即吟だろう。何度箸で挟もうとしてもつるつるして挟むことができない。酔眼のせいにしながら、冗談半分に呟いた一言が句になった。しかし、しだいに単なる冗談で終わっていないことに作者自身が気づいた。海鼠は切れ端になってもなお生きているのだ、もしかしたらと思ったところから、またもや、海鼠の不死身の霊力にとらわれているということになる。ここにも前述の海鼠の生命力と、それを踏まえたリアリティが笑いの裏に潜んでいる。

折口信夫の「国文学の発生・第3稿 まれびとの意義」に海鼠についての記述がある。奥羽地方のなまはげに関する部分に、なまはげを指す「なま」「なもみ」は海鼠から出たのであろうと述べてあった。もともと、懲らしめる者という意味の言葉であるとも指摘している。元来、海鼠は単に「こ」と呼ばれていた。凝縮するという意味の「凝」であるらしいが、単に小さな物を指す「子」とも読める。「なま」はそのまま「生」で、生きて蠢くまさに混沌とした生き物のことである。海鼠に人知では計り知れない力を感じた人々の命名であろう。そう言えば、『荘子』に出てくる混沌も目も耳も口もなかった。そして、それらが無いこと自体が生きている証だった。

小正月の行事、土竜打ちで土竜を追い払うために地面を叩く際に用いたのも海鼠であった。叩きながら、その年の豊作を祈願する。ここにも海鼠の邪気を払う霊力への信仰を見て取ることができる。

階段が無くて海鼠の日暮かな　　橋閒石

何度読んでも不思議な句だ。普通、階段と言えば上るものというイメージがあるが、これはどうやら下ってゆくイメージ。階段がないということは、その世界と遂には隔絶されたままであるということだが、わざわざ〈無くて〉と表現されると、無かったはずの階段が見えてくる奇妙な気分にもなる。

空へゆく階段のなし稲の花　　田中裕明

という句では、階段は未来へ上る架け橋として認識されていた。共通するのは、やはり、無くて、かつ見えるという点だ。そこに、永遠に上ることが不可能となった作者の悲しみがこもっている。

では、閒石の句の階段の下の世界は、何を暗示しているのだろうか。その謎にこそ、この句の魅力の源がある。少なくとも裕明の句同様、生きている人間は行き着くことができない世界であるのは間違いない。アングルから言えば海鼠は浅い海中に潜んでいる。手の届きそうな間近でありながら、しかし、到着不可能な場所。まるで永遠の命をもった海鼠が、永遠の日暮を泳いでいるかのような世界である。サルバドール・ダリの「記憶の固執」のように時間が凝固して止まった異界である。

安々と海鼠の如き子を生めり　　夏目漱石

「草枕」国際俳句大会のため熊本へ赴いたとき、夏目漱石の旧居を見学した。熊本は漱石が結婚をし子供をもうけた、いわば人生でもっとも輝かしい時期を過ごした土地である。この句は、その妻と生まれてきた赤子を詠んだものだ。初産はひどい悪阻で、漱石はたいへんかいがいしく看護にあたったと展示資料にあった。夕刻お会いした岩岡中正さんはこの句に触れて「漱石のてれくささが見えるようですね」と破顔した。確かに、初めて父となった漱石のはにかみながらの何とも言えない幸福そうな、かつ不安そうな顔が彷彿としてくる。ここでも海鼠は、やはり得体の知れない生命力を秘めた生き物として表現されている。

不滅の狼

狼（冬）

「龍天に昇る」や「亀鳴く」のように故事や空想上の出来事を踏まえた季語がいくつかある。それに対して「狼」は、実在を踏まえた季語だ。一般的には、こうした季語は、その実体が消えてしまうとともに消える運命にある。その点「狼」は例外中の例外と言っていい。ニホンオオカミは諸説あるが、一般には、明治三十八（一九〇五）年に奈良県東吉野村で捕獲されたのを最後の生息情報として絶滅したとされている。ところが、「狼」の季語は、絶滅ののちも、まだ用いられている。いや、むしろ、滅んでから、その滅んだこと自体を力として、新たな存在感を詩歌の世界に示し始めた。

もちろん、今でも狼はニホンオオカミにこだわらなければ、実物を見ることは難しいことではない。動物園には大陸産のものが飼育されていて容易にまみえることができる。しかし、それは、狼には違いないが、絶滅した季語の「狼」ではない。動物園にいるライオンやキリンが、アフリカの草原を駆け回るそれとはまた別の存在であるのと同様と言っていい。

狼は江戸時代までは、かなり多く日本各地に棲息していた。しかも、深山幽谷ではなくて、人里近いところに暮らしていた。平岩米吉の『狼—その生態と歴史』に拠れば、狼の被害の記録で最古のものは『風土記逸文』の「大和国」にある狼の話とのこと。『逸文』には、次のように記述されている。

むかし明日香の地に老狼在て、おほく人を食ふ。土民畏れて大口の神といふ。名付けて、その住める処を大口の真神の原といふ云々。

「むかし」とあるから、狼が人を食う話が繰り返し伝えられてきたのは、『風土記』の編纂が始まる八世紀よりずっと以前のことだったということになる。

『万葉集』の巻八には、

大口の真神の原に降る雪はいたくな降りそ家もあらなくに　舎人娘子

という歌が残されている。雪が降りしきる広々とした野原が見えるというだけの歌だが、〈家もあらなくに〉という結句が、雪降る野を一人歩く作者の不安をいやがうえにもかき立てる。同時に、この歌は、狼の出没する野原は、人がよく行き来する場所であること、里間近で家があっても不自然でない場所であることを、それとなく伝えてもいる。狼は、人間界のすぐそばに住む、しかも、どこにいるか正体不明の恐ろしい存在であり、歌もそれを前提としている。古代における狼と人間との距離がよく理解できる。

狼の声そろふなり雪のくれ　丈草

狼は薄明薄暮型と言って、明け方や暮れ方にことに活発に行動する習性があるそうだ。しかし、ニホンオオカミは大きな群れを作らない。狩りをする際などには遠吠えをして仲間を集める。この句はそうした習性を踏まえて、実にリアルな恐怖感を伝えている。雪が降っている情景は舎人娘子の歌と共通するが、この句では平地であるより谷や山が目前に迫る村里であろう。あちこちで聞こえていた狼の遠吠えがいつのまにか一つになった。狼が集まってくる様子さえ想像できる。内藤丈草は尾張国（愛知県）犬山藩士、十四歳で出仕したが、二十七歳で遁世《とんせい》した。のちに京で蕉門に参じた。どこか少年時代の原風景が重なっているように感じられる。

狼は恐るべき存在であったが、日本人は、その力に恐怖と同時に畏敬の念をも重ねてきた。古来からの「大口の真神」という呼称はそれゆえである。もっとも、狼に限ったことではない。人間の力の及ばない自然現象はことごとく神であった。雷も蛇もそうであった。そして、神は災いとともに恩恵も人間に与えた。

「送り狼」という言葉がある。狼の習性に関する代表的な言い伝えだ。狼には他の野生動物同様、自らのテリトリーを守る習性があり、人間がそこに入ると、後をついてくる。そして、例えば人が転んだりすれば、すかさず襲いかかってくる。しかし、普通狼は人を監視はするが、襲うことは少ない。敵意がないからだ。そこで、無事帰ることができたら、それを狼の御加護と昔の人は考えた。加えて、農耕が普及するにつれ、田畑を荒らす猪や鹿を狩る強大な力の持ち主と認識され始めた。これが狼の神格化につながった。狼は、グリム童話やイソップ童話でも周知のように、ヨーロッパでは、もっぱら危害を加える生き物の象徴として扱われている。

比べて、日本においては農民を加護する救いの神となった。日本には牧畜文化がなかったからだという説もある。

そうした狼の力を頼みにする逸話が、私の住む宮城県の登米市狼河原《おいのがわら》にも残っている。「おいぬ」は狼の異称で柳田国男の『遠野物語』にも「御犬のうなる声ほど物凄く恐ろしきものはなし」との記載がある。狼河原については、江戸中期の地理学者古川古松軒《こしょうけん》の『東遊雑記』に、次のような記載があると、前述の平岩米吉の『狼—その生態と歴史』や谷川健一の『続日本の地名』から知った。古松軒が実際に狼河原へ泊まったときの話だ。

この辺《あたり》は鹿出で田畑をあらすゆえに、狼のいるを幸いとせるゆえか、上方、中国筋のごとくには狼を恐れず。夜中、狼に合う時には、狼どの、油断なく鹿を追って下されと、いんぎんに挨拶して通ることなりと。

おおかみを龍《りゅう》神《かみ》と呼ぶ山の民

金子兜太

平成二十三（二〇一一）年十一月五日、私は秩父の上長瀞駅に降り立った。実に三十年ぶりのことである。「海程」の秩父俳句道場に参加するためだったが、そこでかねてから訪れてみたいと願っていた旧吉田町（現・秩父市）の椋《むく》神社を参拝することができた。秩父事件の決起集会が開かれた処で、それにも関心があったが、狼の顔の狛犬に会える楽しみがあった。椋神社という名の神社は当地に五つあり、同じような狼の像は他の神社にも多い。

秩父は狼が縦横に棲息した山国。三峯山《みつみねさん》や両神山《りょうかみさん》は、狼を、猪などから農作物を守る眷《けん》属《ぞく》・神使として崇めるようになった。のちに狼が火難盗難など災難から守る神と見なされるようにもなり、狼の護符を受ける御眷属信仰が流行った。江戸時代頃から興隆した。三峯山は関東一円の狼信仰の中心地であったが、両神山の狼信仰はそれよりも古い。狼崇拝興隆は、人間の自然開発やそれに伴う人間同士の争いが表裏になって広まっていったともいえよう。「両神」はそのまま龍神（りょうかみ）とも読める。事実、麓の「龍頭神社」は「りょうかみ」と読み、両神山そのものが蛇体との説もある。龍は雨を司る神、雨乞いの神である。それが、両神山では狼と一体となって秩父山麓の民の願いを一身に背負い山野を駆け巡る。この句はそうした秩父の民の願いの時空を湛えている。

山河荒涼狼の絶えしより　佐藤鬼房

狼が絶滅した原因はいくつかあげられる。一つは十八世紀半ばに日本に侵入してきた狂犬病である。罹った狼は危険きわまりない猛獣と化した。そこで当時、発達普及し始めた銃によって駆除し始めた。明治になって、政府主導で賞金を付け狼を駆除するようになった。明治政府が初め重点を置いたのは牧場の馬などを襲う北海道のエゾオオカミが対象であった。さらに軍国化による軍馬の重用が拍車を駆けた。それが各地に広がり、ついに絶滅の道をたどった。岩手県では賞金が一匹あたり雄五円、雌七円と当時では破格に上ったという記録もある。白米一俵四円の頃である。猟師たちはみな夢中になって狼狩りに精を出した。言ってみれば、明治という近代がニホンオオカミを滅ぼしたのだ。
狼の絶滅は、人間を育んだ自然そのものの衰退を意味した。掲句の荒涼感は、その山河を守る神の不在ゆえである。

おおかみに螢が一つ付いていた　　金子兜太

この句を読むたび、私は目の前に狼が闇から現れて闇に消えてゆく映像が、無限に繰り返される錯覚に陥る。おしなべて一頭なのだが、いずれも蛍を一匹ずつ伴っている。絶滅させられたはずの狼が、太古より次から次に蘇って、そして、消えてゆくのだ。蛍もそのたびに明滅を繰り返す。この狼の姿は、消えゆく山河万象への祈りの姿である。狼は滅びたるゆえ、詩歌の世界で不滅となった。滅びて、なお、原初的な生命そのものである。

絶滅のかの狼を連れ歩く　　三橋敏雄

絶滅した狼を、無理矢理、黄泉の国から連れ戻して歩くというのだ。作者は、何処へ連れていこうというのだろうか。滅ぼした者たちの面前へとだろうか。それとも、共に存えるべき幻の山河へとだろうか。いずれにしても、滅ぼした人間への無言の糾弾がひしひしと迫ってくる。作者は、東京都八王子市生まれだが、その地にも狼信仰は伝承されていて、門口毎に昔から護符が貼り付けられてあったという。狼は失われた日本人の精神そのものの化身である。

狼は亡び木霊は存ふる

三村純也

木霊は木に宿った精霊、または精霊の宿った木を指す。山彦は、その精霊の声のことだ。事実を、そのまま伝えたかのような詠みようだが、ここにも強かなイロニーが仕組まれている。木霊はいつまで存えるか。それは、その反響音を木霊と人間が認識する間でしかない。つまるところ、狼も木霊も人間の内なる世界にのみ住んでいる。

Ⅱ　万象変化

さみだれのあまだれ

五月雨（夏）

七月生まれのせいか、雨の日が好きである。友人との雑談で天候の好き嫌いが話題になるたび、「雨」と答えては変わった奴という目付きで睨まれた覚えは何度もあった。小学生の頃は、走るのが苦手だったので運動会には雨が降ればいいと、その前夜に本気で祈っていた。そんな私を雨の神様は気に入ってくれたようで、結婚式当夜は大嵐。京都へ新婚旅行で向かうため仙台から乗った羽田行きの飛行機は、私の前途の前触れでもあるかのようにジェットコースターさながらの揺れ具合であった。そのスリルに満ちた時間を今でも懐かしく思い出す。以来、私は雨男を自称している。

雨の好きなところは多々ある。雨音もその一つ。まだ覚醒半ばのうとうととした状態で耳にする日曜の雨音ほど心地よいものはない。我ながら怠惰な性格がよく出ている。夜の雨音なら時雨に限る。あれは天空に寂しがり屋の神様が居て、寂しがり屋の私に声を掛けてくれたものと勝手に受け止めていた。トタン屋根の借家住まいだった小学生頃聞いた雨音は、季節季節、夜ごと夜ごとにさまざまな空想を誘ってくれた。夏夜の驟雨もいい。こちらは大屋根を打つ音に限る。なじみの寺の本堂で蠟燭の揺れに眼を凝らしながら耳を傾けるときの爽快感と不安を伴った期待感は、何ともいえなかった。夕立も悪くはない。雨脚が気になったり、時には雷鳴が混じったり、音に集中できないことが多いが、同じ寺の境内で雷鳴とともに降り注いできた雨の音の爽快さは今も耳に残っている。

さみだれのあまだればかり浮御堂　阿波野青畝

そんなことで、この句を初めて目にしたときにも、作者は浮御堂の中で雨だれの音に耳を澄ませているものとばかり思っていた。ところが写真で見ると、琵琶湖に浮かぶ姿は、とても大伽藍には見えない。中に入れそうにもない小さな堂である。では作者はどこにいるのだろうかといぶかしいままであった。後年読んだ『自選自解』で知ったが浮御堂には樋がない。それで屋根からすぐに湖水へと雨だれが落ちるのだそうだ。「雨だれにとりまかれながら湖中の堂に佇んでいる孤独の世界、私はそれに強く惹かれるのであった」とも記している。つまり、作者は湖岸から眺めているのだが、自身の魂は遊離して浮御堂の中に入っている。千体仏が安置されているので、その一体となって瞑目しているとも鑑賞できる。それなら〈あまだれ〉は、音によってのみ感受されていることになる。〈さみだれ〉〈あまだれ〉と重畳するリズムも、雨音の連綿たるさまに通うものがある。平成二十五（二〇一三）年の冬初めて浮御堂を訪れた。冬の日差しを浴びながら、その周りを一巡するときも、湖水に落ちる雨音はどんなだろうかと、つい想像してしまった。

五月雨の降り残してや光堂　　芭蕉

たまたま目にした資料に、昭和十一（一九三六）年に中尊寺を訪れた種田山頭火の「山頭火旅日記」の一部分が載っていた。そこには、

毛越寺旧蹟、まことに滅びるものは美しい！
中尊寺、金色堂。
あまりに現代色に光つてゐる。
何だか不快を感じて、平泉を後に匆々汽車に乗つた。

と記されている。驚いてしまった。現在のように光輝く姿に復元されたのは昭和四十三（一九六八）年。その後鉄筋コンクリート製の新鞘堂に収納された。私は昭和三十年代の後半、少年時代に古い鞘堂に入ったままの金色堂を実際に目にしている。恐る恐る入った内部は暗くてよくは見えなかったが、金箔がかなり剝げ落ちていて往時の輝きは想像するしかなかったと記憶している。山頭火が金色堂を訪れたのは、私よりさらに二十年程前のことだ。これまでも、この記憶を元に金色堂の印象を述べたり書いたりしたことが何度かある。「現代色に光つてゐる」とは到底思えないのだ。私の記憶違いであったなら訂正しなければならない。私はうろたえながら、資料を頂戴した中尊寺円乗院の住職佐々木邦世氏におそるおそる電話を入れた。氏は昭和十七（一九四二）年生まれだが、幼児から中尊寺をわが庭としている人。大改修前の金色堂

を知悉している。すると、私の質問に笑いながら、おそらく中尊寺の応対の印象がよくなかったので、このような批判的な記述になったのではないだろうかと応じてくれた。氏の記憶も私が覚えていた金色堂と同様であった。山頭火は鶴岡で遊興にはめを外して、あげくは浴衣一枚で挨拶もなしに鶴岡を去り仙台へ向かった。その後、どうやら平泉にも同様の風体で訪れたらしい。中尊寺の応対も頷けるところだ。つまり、日記のこの部分は、山頭火の創作ということになる。そして、そう折り合いを付けると、反対に、嘘であっても、そう記したかった山頭火の思いもまた理解できる気がしてくる。すべてのものが無に帰した茫漠たる世界こそ、彼がこよなく愛する世界なのである。

句の鑑賞に戻ることにする。すると、今度は五月雨が単なる現象としてではなく、自然そのものに見えない意志と力があって、それが雨を降らせているように感じられてくる。人間の栄華と権力争奪の欲望に関わった一切を「頽廃空虚の叢」となすために雨は降る。ただし、金色堂だけは残した。それはつつましく生きる人間の救済と祈りのよりどころとするためだ。そう気づいたとき、五月雨は、千年の時空の向こうから、億枚の木々の葉の一枚ずつを打ちながら眼前に現れてくるのである。

五月雨や大河を前に家二軒　　蕪村

永田書房版の季題別に編纂された『与謝蕪村句集』を久しぶりに繙いて気づいたことだが、蕪村には私が思っていた以上に雨の句が多い。「春風馬堤曲」の先入観のせいかもしれないが、晴れた日の句の方がはるかに多いとばかり思っていた。しかし、同集所収の「春風」の句は十句だけなのに対して「春雨」は三十六句もある。夏の句では「青嵐」「風薫る・薫風」併せても七句。「五月雨」は二十八句に上る。優美典雅な蕪村の句に「春雨」の句が多いのは頷ける気もするが、「五月雨」が多いのは意外であった。著名な掲句も、蕪村本来のイメージからすれば異質な句と思っていたのは私の浅薄さゆえということだろう。

蕪村は現在の大阪市都島区毛馬町生まれ。「馬堤は毛馬塘也、則余が故園也」と記した手紙も残っているから、蕪村は川のほとりで育ったといえる。雨や川へのこだわりに、そうした出自があると推定するのは穿ち過ぎだろうか。この句は明瞭である。溢れんばかりの大河の威力と、そのすぐ側に呑み込まれまいと立つ、実に心細げな二軒の家の対比。その八年前には、

五月雨や御豆《みづ》の小家の寝覚めがち　　蕪村

という句も成していて、こちらは、そこに暮らす人の不安感が手に取れるようである。川の氾濫を怖れる思いが〈寝覚めがち〉に裏打ちされている。もっとも俳句の象徴力を十全に駆使した作りとしては〈家二軒〉の方に軍配が上がる。〈二軒〉の「二」という数の力と言ってもいい。互いに力を合わせ互いに抱き合い大河に相対する、その「二」である。〈御豆〉は淀川と木津川の合流点近くの地名で、川が氾濫を起こしやすいところと大岡信の「折々のうた」で知った。おそらく、〈家二軒〉の句の大河も淀川あたりだろう。この二句には、洪水を怖れる当時の一般的な心情に加えて蕪村の原体験があるのではないか。〈家二軒〉は六十二歳での作。

二年前から病にうち伏していることが多くなった時期のものでもあるから、その心情も反映し
ているに違いない。ここでは五月雨の音は大河の轟音に消されてもいる。そして、そのことが
一層の不安感をかきたてる。東日本大震災の津波の災禍を念頭にすれば、さまざまな水害と有
史以来闘ってきた日本人の生の原景が、この〈家二軒〉であるともいえる。

栃木にいろいろ雨のたましいもいたり　阿部完市

栃木とはどんな場所か、その実感が一句になったものだ。川名大の『現代俳句』に拠れば、関西から宇都宮に移住してきた、同じ精神科医で俳人の平畑青塔のところを訪れた時の句とのことだ。栃木の地名の由来はいくつかある。栃木市の神明宮の千木が十本であったとか、この地域に栃の木が多かったとか、栃木市を流れる巴波川《うずまがわ》がたびたび氾濫し土地が千切れたようになる。そこに「と」という接頭語が付いたとかの説である。共通するのは、「たくさん」かつ「多様」に存在するという点だ。枕詞的に上五に用い、偏在する森羅万象のさまざまな魂をまず呼び出した。その上で、その一つに雨の魂もいるというのである。もちろん雨そのものへの感応が下敷きになっている。〈いろいろ〉で一端切れて〈雨のたましい〉とたたみかける表現からは、私には雨粒一つ一つに精霊が宿って、一粒一粒が聞こえない声を上げながら跳梁跋扈しているようにさえ思えてくる。栃木という関東平野の広がりがあって初めて見えてくる世界だ。季語はないが、走り梅雨の頃の明るい緑の林も周りに広がる。

雨だれの向うは雨や蟻地獄　　岸本尚毅

夕立としても鑑賞可能だが、やはり五月雨の方が、この句にはふさわしい。長雨であってこそ蟻地獄に潜むウスバカゲロウの幼虫の飢えが実感できるからである。一度餌を獲ることができれば三か月ぐらいは飢えに耐えることができるそうだ。蟻地獄は古い日本家屋の縁の下が高く広いところを住み処とする。作者は蟻地獄が棲み着いている家の縁側で、眼前の雨だれとその先の雨の広がりを眼中にしているのだろう。しかし、思いは蟻地獄に潜む幼虫に通じている。それは飢えである。もちろん、作者が抱えているのは詩心の飢え。この句にもまた青畝の句同様の孤独の世界が広がっている。

氷菓一盞の味

氷菓（夏）

「お前が喰っているのはアイスクリームではない」、そう言われてきょとんと相手を見上げたのは、小学校六年の春休みであった。中学では英語が新しく始まる。ついては、神戸の大学で外国語を勉強している親戚の青年が今帰郷しているはずだから行って習ってこい。そう父に言いつけられ初めて英語の勉強をした時のことである。その青年が言うには、アイスクリームにもいろいろ種類があって、そこに入っている成分しだいでアイスクリームとそうではないものとに区別できるということだった。私はそれまでアイスクリームと信じて食べていたものを次から次へと脳裏に浮かべながら、本物のアイスクリームとはどれだったか可能な限りの想像を膨らませた。自転車のアイスクリーム売りから買ってはよく食べていた、大きめのマッチ箱みたいなものに詰められていたものは、どうもアイスクリームではなさそうだ。添付の木片の匙で掬うのさえ難儀した。確かラベルに南極のペンギンが描かれていた。今で言うラクトアイス。それも低品質。唯一、アイスクリームと言えそうなのは、仙台のデパートで二、三度食べたものに限られた。それは、うやうやしく銀色に光る器の真ん中に載せられ、銀色のスプーンが付いていた。舌にとろりと広がる甘みは、確かに普段食べていたものと違った味がした。だが、今思い返すと、私の舌にもっともなじんでいたのは、むしろ、南極のペンギンのアイスクリームである。匙が壊れてしまう時もあった。指から伝わる汗がアイスクリームに混ざってしまうこともあった。しかし、なけなしの小遣いで買ったあの味は、その木片の匙の舌触りとともに格別であった。

アイスクリームおいしくポプラうつくしく　京極杞陽

この句を知ったのは近年のことだ。やはり、これは銀の食器に盛られたアイスクリームでなければならない。しかも、食べているのは、バルコニーか広い庭の大きな木の下、風通しのよい涼しい場所がふさわしい。遠景のポプラがそう感じさせる。目の前のアイスクリームの小山と真っ直ぐなポプラの姿との対比も、アイスクリームの味を十二分に演出している。ポプラの葉の光と匙や器の光が交感しあっているようにも感じられる。作者は豊岡藩京極氏の十四代目、子爵の家系である。十五歳の時に関東大震災で一家七人の肉親を失う悲劇にも見舞われているが、裕福な環境の中で自由闊達に育った人。この句の屈託のない伸びやかな表現は、そうした出自から生まれた。自然体ながら、感覚は隅々にまで行き届いている。こんなアイスクリームの味は、まったく経験したことがない。

匙なめて童たのしも夏氷　山口誓子

こちらはかき氷である。この氷の味の記憶は、私にも数え切れない。句中の主人公としての体験にも、子を持つ身になってからの親としての体験からも言える。子どもと、近隣の海水浴場によく出かけた。この句は、その海の家での子どもの笑顔を、いつも思い出させてくれる。自註に拠れば、匙は薄いアルミニウム製とのこと。しかも、そこには歯形まで付いているという。山盛りの食べ始めの頃はもちろんのこと、残りわずかになっても、氷水を掬って飲み、掬っては飲む。そして、名残を惜しむように匙を舐める。最後に残った匙の冷たさまで味わうのだ。残った歯形は少年の氷水への愛おしみの痕跡。愛咬とは、こうした時にこそふさわしい言葉だ。このアルミニウムの匙は戦後なくなったとも作者は述べている。その匙の感触は、今の子どもには経験することができないものである。氷自体がそれほど普及していなかった頃だから、私の想像を超えた悦びが、この句の背後にひそんでいる。

六月の氷菓一盞の別れかな　　中村草田男

氷菓を食べ終わったばかりの場面。氷菓は一般にアイスキャンディー類を指すが〈一盞《いっさん》〉とあるから、ここではアイスクリームだろう。〈盞〉は薄く浅い小さな盃の意。イメージとしては例の足つきの小さな皿に載ったアイスクリームだろう。それを二人で食べているわけだが、この句の場合は男同士と読める。理由は、別れの潔さにある。〈氷菓〉〈一盞〉という漢語がもたらす爽快感もそう感じさせる。久しぶりで会った。しかし、たいして言葉も交わさなかった。アイスクリームの最後の一匙を互いに掬って、それだけで、すべてを了解できる親友同士の外連味のない別れ。だが、私は、この別れには深刻な事情もあったのではないかと余計な穿鑿もする。もともと盃の酒は契りを結ぶためのものであった。『古事記』にも「盞結《うきゆい》」という言葉で、結婚の儀式としての盃事が出てくる。それが酒でなく水を飲み交わすことで、いつしか別れの儀式となった。しかも水盃は永久の別れである。この句はそれも暗示している。もう二度と会えぬ別れ。水ではなくアイスクリームであることが、笑えぬユーモアをさえ漂わす。〈六月の〉という枕詞的なゆったりとした上五、そして、〈かな〉で止めた気息がもたらす用意周到の沈黙。別れの簡潔さと、二人の心情の深刻さとのギャップにこそ、この句の魅力が隠されている。

父祖哀し氷菓に染みし舌出せば　永田耕衣

この句の眼目は、真っ赤になった舌を、幼子のように出した老人の野卑な表情が、一瞬深い悲しみを垣間見せているところにある。さらに、その舌を出したのが、一老人ではなく〈父祖〉であるところにも注目すべきだろう。眼前には、実際に自分の祖父がいる。同時にその顔は、営々と血を繋いできた家長のすべてとなる。そして、自分の顔もそこに連なる。

私がこの句に殊の外愛着を持つのは、我が家が祖父の代まで氷の仕事に携わってきた経緯があることと無縁でない。子どもの頃の記憶にかすかに残っているだけだが、写真に大きな凍った沼が写っていた。その沼の周りには、氷を切る人や氷を馬に載せる人、それを挽いて行く人など、仕事に勤しんでいる農民たちの姿があった。母の話では、氷室があって、そこに氷を蓄えて夏に売ったのだという。

郷里は、塩竈からもそんなに遠くはない。近隣の炭鉱景気で沸く小さな田舎町には、魚屋も何軒かあった。鮮魚の保存用に需要があったのだろうと、漠然と判断していたが、母の話ではそれ以上に医療用として需要があったそうだ。郡内の病院を中心に売りさばいたわけだ。お陰で近隣からはずいぶん感謝をされたと母は話を繋げた。電気冷蔵庫がまだ普及していなかった時代、我が家には商売用で木製の氷で冷やす冷蔵庫が備わっていた。子どもが高熱を出し、困って夜中に訪れた人たちにも氷を分けたのだった。しかし、製氷技術の近代化に乗り遅れた我が家は祖父の病と重なって事業は頓挫してしまった。私の生まれる前に亡くなったその祖父や曽祖父の顔が、父の顔ともども、この句の背後に立ち現れる。

百姓の手に手に氷菓したたれり　右城暮石

私の生地は平泉の文化圏である。そのため古くから馬市が盛んであった。町内に馬場通りと呼ばれる広い通りがあった。かつては桜の馬場と呼ばれた馬の訓練場跡。明治天皇の料馬金華山号もここから生まれたと聞いた。その広場の一角が馬市の会場で、集まる馬喰や村人目当てにさまざまな店が開かれた。最盛期には市は五十日間も続いたという。製氷を営んでいた我が家は、かき氷はむろん、餅やら団子やらの商いに精を出したらしい。面白いほどよく売れたとは、これも母の話。この句は、その一場面を想像させる。馬を売り終わった農民の安堵感が広がってくる。いやいや、これは私の境遇にこだわり過ぎた鑑賞。一般には、つらい田草取りの休憩時間あたりとすべきだろう。〈手に手に〉と重ねた表現が、アイスキャンディーの滴が肘を濡らすのも気にせず、束の間の談笑にふけっているさまを彷彿とさせる。

氷を夏に食べる習慣の歴史は古い。古代中国では紀元前からとの記録もある。『詩経』や『春秋左氏伝』に記されている。『詩経』国風編の「七月《ふみづき》」という詩に「氷室」を表す「凌陰」という言葉も見える。『国史大辞典』に拠ると、日本では『日本書紀』などに記載があるとのこと。昭和六十三（一九八八）年、長屋王邸跡出土の木簡に和銅五（七一二）年二月一日の日付で「都祁氷室」云々と記されていたものが発見され、氷室の実体が解明されている。大和国山辺郡都祁氷室（現・天理市）がそれに当たる。清少納言の『枕草子』第四十段「あてなるもの」にも、「削り氷にあまづら入れて、新しき鋺に入れたる」との記載がある。「あまづら」はアマチャヅルの蔓や葉を煮詰めて作った古代のシロップ。「鋺《かなまり》」は金属製の椀だから、錆一つない椀のその冷え冷えとした感触も楽しんだわけである。

しかし、夏の氷は長い間、高貴かつ富裕の人のみが味わうことができる極楽の妙味であった。庶民には、そうした氷の味は届かず、江戸時代でも氷の献上が毎年行われていたが、献上氷を〈六つの花五つの花の御献上〉などと川柳でひねり、うさを晴らすことぐらいしかできなかった。〈六つの花〉は雪、〈五つの花〉は加賀前田家の家紋である。


遠き木の揺れはじめけり氷水　蘭草慶子

かき氷を食べていると、必ずといっていいほど、どこからか風が生まれてくる。これは誰しもが体験していることだろう。汗が引き、冷えた体が風を感じやすくなってくる。昂揚していた心が、その奥まで深閑としてきたせいもある。一人食べている時が、殊にそうだ。そうした心理が、情景そのものを遠景へ押しやる。世界全体が遠のき始める。周りの木が遠ざかり、その向こうでしだいに揺れ始める。それは心の揺れそのもの。京極杞陽が楽しんでいたポプラも実は、そうした存在そのものの揺れの感覚を伴っていたのではないだろうか。

秋風が

秋風（秋）

七・八月は各地で最高気温が記録される時期。最高ということは、もう、その後はそれ以上高くならないという意味でもある。期待に応えるように、地上の暑さにかかわらず絹雲・絹積雲が一万メートルの上層を北西から南東方向へ流れ始める。その雲の機微を捉え、人は「今日の秋」を発見するのだと、小熊一人の『季語深耕［風］』にあった。立秋が目で見つけるものに対して、秋風は耳で知るものらしい。春風が主に触覚や嗅覚によって知るのと対照的といえようか。もちろん他の五感で発見する秋風もあろう。しかし、詩歌の世界では、秋風はまず聴覚によって認識される。

秋来ぬと目にはさやかに見えねども風の音にぞおどろかれぬる　　藤原敏行

あまりに有名なので引用するのも気が引けるが、やはりこの歌に触れなければ日本の秋風は始まらない。この歌には「秋立つ日よめる」という詞書がついている。つまり、実感に即した歌ではない。暦の上の秋を念頭に、そこに秋風を呼び込もうとしたのである。いわば虚からの発想だ。それが、おそらく、この歌の秋風が具体性に乏しい理由なのだろう。だが、具体性を欠いていることが却ってさまざまな風音を想像させる。どんなところのどんな風音なのか。私には、風景が欠落していることによって、より聴覚が研ぎ澄まされるように感じられる。耳元を掠める音が、まるで天空から新しい時を運んできた精霊のささやきとなる。

秋たつや川瀬にまじる風の音　　飯田蛇笏

この句も、風の音に秋を体感している。だが、ここでは風音はかなり具体的である。川瀬を吹く音だからである。流れの速い谷川の音と、両脇の木々を揺すりながら吹く風の音とが渾然となって耳元に迫ってくる。初秋にもかかわらず、すでに滅びの季節への予感さえこもっている。

十代から俳句に親しんでいたせいもあって、今思えば私は、その頃から、ずいぶん年寄りじみたことに関心があった。冬は炬燵に入りながら風音に耳を傾けるのが好きであった。裏の背山あたりから一気に降りてきて庭先の立木を揺らす風のさまを音によって想像するのである。場所は故郷のなじみの寺、舘山寺。さらにその風はその後、どこをどのように吹き渡るか思い巡らす。他にかえがたい夢想のひとときだった。春先の裏畑に吹き荒れる疾風にも、またぞくぞくした。これは風呂に入りながら聞くに限った。まだ雪が残る畑を風が渦巻くように駆け巡ったかと思うと、たちまち星空に昇る。そのたび、さっと星がきらめく。

秋風は、同じ寺の小さな広場にあるブランコを漕ぎながら聞くのが極めつけであった。盆過ぎの風は、それまでとはっきり違った音を奏でた。すっかり乾いた木の葉のさやぎは、一夏という時間の挽歌であった。楽しげに今を謳歌する夏の葉音の面影は消えていた。

季語としての秋風は、その趣向を大きく二つに分けることができる。一つは今まで触れてきた秋到来を知らせる風である。過酷な季節の終焉の静かな喜びでもあった。命の息吹を取り戻したやすらぎと慰藉《いしゃ》を感じさせた。もう一つは晩秋の身にしむ蕭条《しょうじょう》たる風。すべての事象を凋落へと導く風である。

もっとも、実際に俳句に用いられる場合は、この二極に分かれるだけでなく、もっと多彩で微妙なニュアンスを伴うことが多い。安息と落胆という異なった思いが一つとなって伝わってくる場合もある。

秋風や模様のちがふ皿二つ　原 石鼎

前書に「父母のあたたかきふところにさへ入ることをせぬ放浪の子は伯州米子に去つて假の宿りをなす」とある。医者になれなかったため父母から勘当されたとき、兄と自分とを二つの皿に喩えたとの解や、米子へ行ったのは駆け落ちで、相手の女性が連れ戻される際に、揃いの皿を一枚ずつ分け合ったとのエピソードもある。それらを下敷きに鑑賞するのもけっして誤りではない。だが、まずは何の先入観もなしに作品と向き合いたい。言うまでもないが、どんな俳句でも、虚心に俳句の言葉と鑑賞者とが無言の対話を交わすのが基本。

すると、即座に読み手の脳裏に秋風が吹き始める。そして、おそらくは卓上に無造作に置かれた二つの皿が眼前に現れる。私には、秋風の連想から皿の模様が秋草に見えてくる。そして、それは二枚の皿の中で呼応するように揺れ始める。しかし、いくら揺れても、それぞれの皿の中だけの出来事であって、皿を出て野原で揃って吹かれることはない。もっとも、模様は何でもいいのだ。作者がこだわっているのは「違う模様」であることと、「二つ」であるということのみだ。大きさでも色でもない。そして、その二つの皿は、触れ合うことはもちろん、ついに重なることさえない。それは、吹き渡る秋風のせい。彼方からやってきては、一瞬にして吹き抜けていく、その一回性の繰り返しが、〈模様のちがふ皿〉が、永遠に、そこに、そっと置かれてあるように受け止めさせる。

秋風という永遠の動と、二つの皿という永遠の静だけの世界だ。秋風は、眼前をただ過ぎ去る時間そのものでもある。

秋風の吹きわたりけり人の顔　　上嶋鬼貫

死骸《なきがら》や秋風かよふ鼻の穴　　飯田蛇笏

前者は生者、後者は死者の顔という違いはあるが、どちらも同じシチュエーションで詠われている。両者に共通するのは、作者が人の顔を森羅万象の一現象とみなしている点だろう。やすらぎの秋からやがて凋落の秋へとすべてを誘う秋風に撫でられる鼻は、今は自らの力によって息し、吐いているが、やがては、ことごとく秋風が通う鼻の穴となるのである。鬼貫の句の顔は、目鼻立ちすら見当つかない。どこか微笑みとともに、他の誰もが立ち入ることのできない孤独をも湛えている。これも、やはり秋風のせいだろう。秋風は、今、生きてあるものに安寧の涼しさを届けるが、死後には、すべてのものを無に帰する力を表裏としている。蛇笏の句は死そのものを具体的かつメカニックに伝える。

鬼貫、蛇笏、この二人の風狂の眼には顔の凹凸を撫でたり、鼻の穴を出入りしたりする、無色透明の風がはっきり見えている。

髑髏みな舌うしなへり秋の風　　高橋睦郎

秋風はさらに、見えないものまで眼前にさせる。髑髏《どくろ》の舌と言えば、脳裏を掠めるのは『日本霊異記』の「法華経を憶持する者の舌、曝れたる髑髏の中に著きて、朽ちざる縁」のくだりである。これは信仰心篤い僧が、死後、野晒しになった後も法華経を唱えていた話。訪ねて行った僧が草を押し開くと、骸骨が動き赤い舌が見えたという。掲句の〈うしなへり〉という措辞が、翻って、その舌まで彷彿させる。

だが、この句のテーマは、こうした抹香臭い話ではない。むしろ、この世を去らざるを得なかった怨念を語るための舌と鑑賞したい。歌川国芳の「相馬の古内裏」の骸骨あたりが想像できる。舌さえ失って転がる野末の無数の髑髏の上を、まるで舌の化身のような秋風が渡っていくのである。もしかしたら、秋風は『日本霊異記』の僧の舌から生まれ出て法華経を唱えながら、などとの妄想もつい広がる。いずれにせよ、万物生滅の滅へと誘う晩秋の凄絶たる風が見えてくる。

遠くまで行く秋風とすこし行く　　矢島渚男

広々とした野を散策中と解するのが自然だろう。ここでは、秋風は見知らぬ世界からやってきて見知らぬ世界へ去ってゆく旅人なのである。その永遠の旅人とほんの少しだけ共に行くということは、そのまま自分の一生の時間のはかなさと重なる。

〈すこし〉という遠慮深げな言い方に、野晒しを覚悟で、秋風とさらに遠くまで行こうとした芭蕉への憧憬と、それが自分には不可能であることの屈折した心理がこもっているようにも感じられる。

秋風が芯まで染みた帰ろうか　　田島風亜

この秋風は初秋のそれだろうか。それとも晩秋のものだろうか。いろいろ思い巡らせているうちに、これは、その日一日にのみ吹かれ味わった風だけではなく、一生を秋風に吹かれながらずっと歩き続けた人の句ではないかという思いにとらわれてくる。秋風は生まれてから今日までの時間の襞という襞から幾重にもなって吹いてきて作者の体と心の奥に溜まった、透明だが濃密な風ということになる。作者が帰ろうとするところはどこか。それは鑑賞者が自由に判断すればいいことだ。確かなのは、作者は、この句を成したのち程なくして、この世を去ってしまったという事実のみである。

俳句に詠われた秋風をこのように渉猟《しょうりょう》してくると、藤原敏行の風の音への驚きは、たんに夏のそれと物理的に異なったゆえだけのものでないことが首肯できるだろう。その驚きとは、つまりはあまりにも瞬く間に移り変わってしまう、目には見えない時間への嗟歎《さたん》そのものである。

二つの月の港

月（秋）

ふるさとの月の港をよぎるのみ　高浜虚子

昭和三（一九二八）年、五十四歳の虚子の句である。こういう句に出会うと、俳句の不思議な力といったものを再確認させられる。『虚子百句』に拠れば、この句は十月七日、福岡市公会堂で催された第二回関西俳句大会で出句されたもので、「月」の題詠であるという。しかし、フィクションで作られたものではない。九月二十九日に鎌倉を発った虚子は、十月五日午前二時頃、船で愛媛の高浜港に寄っている。ここは、故郷の松山からわずか六キロほどのところだ。高浜港を発って目的地の別府には十時頃着いたそうだから、虚子の眼中にあったのは、深更の松山である。言わば、体験したことをそっくり五七五のリズムに乗せたことになる。だが、どの言葉も他に置き換えることができない力を持っている。「月の港」であって初めて故郷は視線の先に見えそうで、しかし、ついには見えない場所として横たわるのだ。「月」がもたらす空間と距離とが、そのまま虚子の故郷への思いに重なる。父母はもちろん、貧しさの中で自分の学費を工面してくれた兄夫婦。その期待を裏切って文学への道を歩んだ青春時代。さまざまなことが、月明の海のさざめきとなって虚子の心に去来していたに違いない。〈月の港〉とは、もう二度と戻ることができない、胸中にのみ存在する港なのである。

天の原ふりさけ見れば春日なる三笠の山に出でし月かも　　阿倍仲麻呂

これは遣唐使として二十歳の時、唐に渡った阿倍仲麻呂が、帰国の途に着く際、餞別に詠んだよく知られている歌だ。仲麻呂は五十四歳になっていた。この時、友人だった王維は別離の詩「秘書晁監《ちょうかん》の日本国へ還るを送る」を詠んでいる。しかし、仲麻呂らが乗った船は暴風雨で難破し、南方へ流される。李白は仲麻呂が亡くなったと思い、「明月不帰沈碧海」（明月は帰らず碧海に沈み）の七言絶句「哭晁卿衡」（晁卿衡を哭す）を詠んで悼んだ。仲麻呂は運よく助かり、唐の領内安南の驩州《かんしゅう》（現・ベトナム中部ヴィン）を経て長安に戻る。しかし、それを最後にとうとう仲麻呂は日本に帰ることができなかった。この歌が名歌となったのは、仲麻呂が見ている長安の山から出た月と、日本の三笠山から昇った月とが重なって見えるゆえである。仲麻呂がついにまみえることのできなかった月の光を湛えているからである。月とは、もう二度と見ることができないもの、遂にたどり着くことができない世界。そこに月のポエジーの源泉がある。「竹取物語」の月の世界も同じだ。

月天心貧しき町を通りけり　　蕪村

私の生地はあたり一面田圃に囲まれた小さな城下町であった。岩手南部地方が近いせいもあって、馬産地として知られていた。その町の裏通りを馬場通りと呼んでいたが、田舎町の裏通りに似つかわしくない広い通りであった。桜の馬場という伊達藩唯一の調馬所の名残で、かつては上馬場、下馬場に分かれ、幅十三間、長さは九〇〇メートルにも及ぶ広いところであったらしい。明治天皇の料馬金華山号も、ここで調教されたと聞いたことがある。私が幼い頃、春には盛大な馬市が催され、サーカスの小屋なども立った。十代の頃は、その広い通りを深夜一人で歩くのが秋の夜の楽しみの一つであった。その折、よく口ずさんだのが掲句だ。

当時、この句を、私は煌々と照る月が貧しい町を通り過ぎていくという意味に解していた。実際、その通りを歩くと月も一緒になって動き出す。後年、〈名月やまづしき町を通りけり〉や〈名月に貧しき道を通りけり〉という形もあって、どうやら町を通って行ったのは作者とするのが正しいと知った時は、ちょっとした失望感に襲われてしまった。しかし、安東次男の『与謝蕪村』で、

暗い町裏の軒下をひたひたと歩いてゆく蕪村の足音と、月明の屋根の上を音もなく過ぎてゆくもう一人の蕪村の気配が、同時に伝ってくるところが面白い。

というくだりに出会って、少年の頃、感じた印象はまったくの間違いではなかったと知り胸を撫で下ろした。

確かに下京を舞台とし、蕪村の貧しさに焦点を絞るなら、安東が鑑賞するように、蕪村が、絵が売れなかった際にでも狭い小路の軒下あたりをとぼとぼと歩いて行く情景を思い浮かべる

方が自然であろう。しかし、私にとっては広々とした空が見えなくてはならない。それは、実際に私が見上げた場所がそうであったという事実ばかりではない。〈月天心〉という上五が、そう感じさせるのだ。月が現実的に天心に懸かるかどうかはともかく、空の真ん中に位置するという意識は、軒下という限られた空間では生まれないのではないだろうか。広くかつ高い空間が不可欠ではないか。地上には、すでに眠りについた家々が軒を並べてひしめく。ことごとく貧しい家ばかりなのだ。私がこの句を口ずさんだ昭和三十年代も、同様であった。それらの屋根屋根に分け隔てなく月光は降り注ぐ。人間には永遠に手の届かない天空に存在するゆえに、月はまぶしく美しい。

「月光」旅館
開けても開けてもドアがある

高柳重信

句集『蕗子』では、この次に〈月下の宿帳／先客の名はリラダン伯爵〉の句があるから、この「月光」旅館とは現実の旅館であるより、リラダン伯爵を念頭とした詩歌の宿りの場として架空されたと想像することができる。

重信が憧憬したオーギュスト・ヴィリエ・ド・リラダンを私はほとんど知らない。知っているのはフランスの象徴主義の文学者で、小説『未来のイヴ』に登場する人造人間がアンドロイドと呼ばれていたことぐらいだ。落ちぶれ天才貴族の目には、はるか未来の世界が映っていたのである。そんなリラダンに、戦後の未来に悲観し、俳句を敗北の詩と断じていた重信が惹かれるのは、なんとなくわかるといった程度だ。
この句は、リラダンにこだわらなくとも鑑賞可能だろう。初めて入った、人一人いない不思議なホテルを想像すればいい。宮沢賢治の『注文の多い料理店』なら、店に入ったとたん、次々にさまざまなルールが示されるが、それすらもない。あるのは迷宮の世界に誘われていく不安と快楽のみである。もちろん、どこまで行ってもドアばかりだから、最後は「浅茅が宿」よろしく廃墟が待っているのは間違いない。月光は詩歌の不可能性の道しるべとして旅館中に溢れている。

能面のくだけて月の港かな　黒田杏子

昭和六十（一九八五）年に「夏草木曜会」で松島を訪れた時の句である。その時の様子は、作者自身が何度か記されているので、心に残っている人が多いと思うが、あえて紹介させてもらう。場所は松島海岸のすぐそば、佐藤鬼房が親しくしていた商家である。芭蕉に倣っての観月句会であったが、当日はあいにくの土砂降り。句会は十句出句十句選で、深見けん二はじめ総勢十一人が宿主の俳人大宮司ちゑ子が活けてくれた秋草を前に句作に没頭していた。そこに長靴姿の鬼房が顔を見せた。「おばんですぅ」という低い声が土間に響いた瞬間に、この句は成ったと作者が述べている。それ以外にどんな句がどれくらい作られたかは知らないが、雨月の闇を彷徨していた詩心が、一瞬のときめきの招来によって百八十度反転したのである。その時、作者の胸に、それまでにまみえた数限りない月明の水面の揺らぎが重なり砕け、それが能面の微笑へと変わったのだ。

ずいぶんあとになって、この日のことを鬼房から聞いたことがあった。鬼房は目を伏せながら「雨の夜で、月夜の句だからねえ」とぼそりとつぶやいた。詩的願望が言葉を介して、願望以上の世界を作者に開示してくれることは、稀にだが、確かにある。

松島の雨月や会ふも別るるも　　佐藤鬼房

その観月句会で、鬼房が披露した句。俳句は挨拶だと絵に描いたような句である。これも事実そのままであると言っていい。だが、その松島の雨月という事実が、月を期待した連衆の心に、それぞれの心にしか宿ることのない月明を生み、二度とまみえることのないかけがえのない出会いを演出したのである。鬼房の句のもう一つの魅力は、その出会いにあってなお、まもなく訪れるであろう別れに詩心が傾いているところにある。月は無月であっても、なお別れを予感させるものであるらしい。虚子が遠望した月や阿倍仲麻呂が想望した月にも、それがいえるが、

月の道子の言葉掌に置くごとし　　飯田龍太

を思い起こすとき、さらに粛然とした思いとなる。この句は四歳になった姿の、弟に対する姉さんぶった言葉遣いの愛らしさを詠んだ父の愛情あふれる句だが、その少女は翌年に急性小児マヒに罹り亡くなってしまう。そうした命運を思うとき、また新たな陰影がこの句の〈月の

道〉を覆ってくる。

野分から台風へ

野分（秋）／台風（秋）

日本は、海陸ともに自然の恩恵めざましい国だが、同時に自然災害も多い。人間が自然に生かされている何よりの証左である。災害をもたらす自然現象の代表格に台風があり、毎年日本列島は何度も見舞われている。五千人以上の死者行方不明者を出した昭和三十四（一九五九）年の伊勢湾台風、被害が全国に及んだ昭和三十六（一九六一）年の第二室戸台風など戦後の大災禍として記憶される。昭和二十（一九四五）年の枕崎台風は終戦後の広島に大きな被災をもたらした。

「台風」は明治時代末になってから使われ出した言葉で、当時は「颱風」という表記であった。もともと台湾あたりの風を指す漢字であったらしい。江戸時代から明治の初めまでは、中国に倣って颶風と呼んでいた。颱風は、昭和三十一（一九五六）年の「同音の漢字による書きかえ」の制定で、当用漢字の「台」に置き換えられ「台風」と表記が変わって今日に及んでいる。「やまぜ」「あなじ」などの海風も台風の一部と言われている。沖縄には「カジフチ」（風吹き）または「テーフー」という言葉がもともとあったそうだが、台風の語源はギリシャ語やペルシャ語とも、英語の typhoon とも言われている。

和語としては、古くから野分という呼称があったのは周知の通り。この言葉を私が初めて知ったのは中学生の時分。句会で初めて目にした。父の句友から台風を指すと教えてもらったが、どうもピンとこない。字面のイメージから秋風との違いが、はっきり区別できなかったのである。野分を、これだと実感できたのは、第二室戸台風の時であった。宮城県は他県に比べ台風の被害はかなり少ない。それでも、この時は夜半、だいぶ風が吹き荒れた。その余波がまだ残る早朝、一人、近くの田まで出かけていった。稲の被害がどうであったかなどとの殊勝な気持ちがあったからではない。あんな強風がこの世をどう変えたのか、という少年特有の好奇心ゆえであった。確か日曜だったはず。

家並みが途絶えたとたん目の前一面に倒伏した稲田が飛び込んできた。それが延々と続く。中には筵や干し物、それに農具の一部と思われるものなどが散乱し、それらがことごとく折からの強風に煽られ揺れていた。畦や土手の雑草も地にへばりつくようになびいていた。「これが野分か」、そう心の中で呟いていたのを今も覚えている。近代まで人々は、この風が遠い南方の海で生まれ、やがて巨大な渦となって日本までやってくることなど露ほども知らなかった。しかし、目の前に繰り広げられる地異だけははっきりと捉えていた。それが野分という言葉を生んだ。

上代でも野分、つまり台風はさまざまな災害をもたらしたはずである。しかし、その恐るべき現象にも日本人は美を見出してきた。有名な例は『源氏物語』の第二十八帖と「野分のまたの日こそ、いみじうあはれにをかしけれ」で始まる『枕草子』の二〇〇段である。本文からの引用は割愛するが、どちらにも共通するのは、野分は、宮廷という限られた世界を吹き抜ける風としての関心であって、その他は初めから念頭になかったことである。穿った物言いをすれば、たとえば清少納言の脳裏には、壊れた立蔀《たてじとみ》や透垣《すいがい》の修繕の悩みなどは存在していなかった。作物へ及ぼす被害も他人事だった。あったのは一過の後の安堵感と自然の力が織りなす現象に興趣を見出そうとする詩的好奇心だけだった。私は、非難しているのではない。むしろ、そうした自然現象への対峙の有り様が、こうした凶事にも日本的な美意識の原形を見出し、それを普遍化する源になったということを指摘しておきたいだけである。

「野分」は和歌にも用いられた言葉だが、俳句の世界でさらに多様化した。つまり、清涼殿などのいわゆる禁苑以外の世界をも吹き荒れ、広く厄災を及ぼす風という、本来の世界をさらに広げていったのである。

芭蕉野分して盥《たらひ》に雨を聞夜哉　　芭蕉

芭蕉三十八歳、深川の芭蕉庵に入った翌年の作。ここでは一人侘び住まいを吹き荒れる野分として用いられている。庵号からさらには俳号ともなった芭蕉を、芭蕉自身がこよなく愛したことは、よく知られているが、この句にもそれは如実である。野分のために激しく揺れるこの珍しい植物の葉の様子を想像しながら、屋内で盥の雨音に耳を傾けている。秋元不死男は、「芭蕉の推敲」という文章で、これは佳句だが、名句の列には入らないとして、その理由の一つに「『聞く』がうるさくつきまとっている」ことを掲げている。だが、名句に入るかどうかは別として、むしろ、この「聞く」にこそ芭蕉のこだわりがあるのではないか。

発表翌年の禹柳『伊勢紀行』に紹介された真蹟懐紙の前書には「老杜、茅舎破風の歌あり。坡翁ふたたび此の句を侘て、屋漏の句作る」とある。これは杜甫が成都の草堂にあって茅葺きの屋根を八月の暴風に吹き飛ばされた際の感懐を詠じた詩句や蘇東坡の「破屋常持傘」という詩句について述べたものだと尾形仂の『松尾芭蕉』で知った。過酷な状況の中で詩を作り続けた古人を偲び、その世界と交感しようとする一途が、この盥の雨音への確執にこもっている。雨音に耳を傾け続けるうちに、しだいに屋外に狂おしいばかり吹き荒れる芭蕉の葉が自らに乗りうつる。〈野分して〉いるのは自分自身の心そのものなのである。

付け加えれば、音は、芭蕉の重要なモチーフの一つである。〈古池〉の句もしかり。この雨音は、やがて〈蚤虱馬の尿する枕もと〉の風狂の音へと繋がっていく。

ここでは野分は雨を伴う風として用いられているが、近代になって台風という用語が定着すると、野分は台風前後の雨を伴わない強風をもっぱら指すようになる。


大いなるものが過ぎ行く野分かな　　高浜虚子

〈大いなる〉は虚子が好んで用いた修辞の一つ。〈春の浜大いなる輪が画いてある〉は、偶々見つけた砂上の落書きだろうが、駘蕩たる春の時空のひろがりまで暗示されているように感じられる。また〈大いなる団扇出てゐる残暑かな〉など諧謔味の効いた句もある。掲句には、野分の威力への畏怖と驚嘆が根底にある。人間の理解や想像を超えた自然現象は、かつてはすべて神であった。野分もまたひれ伏すべき風神であった。

しかし、この句は、やはり近代人の発想だろう。〈過ぎ行く〉がそれで、これは、どうしても低気圧が渦巻状になって列島を抜けていく台風のイメージ。台風の発生や動きを知って初めて可能な発想である。それが自然崇拝の姿勢と融合している。

死ねば野分生きてゐしかば争へり　加藤楸邨

「死ねば野ざらし」であれば、野分の吹く野に自らの屍をさらさせると読める。いや、そう読むのが自然であろう。しかし〈死ねば野分〉は、死者そのものが野を吹く風となってどこまでも這い続けると読める。

石寒太の『加藤楸邨の一〇〇句を読む』に拠れば、この句が作られた昭和二十一（一九四六）年は文学者の間にも戦犯追及の声がにわかに広がっていた頃で、楸邨は中村草田男から「楸邨への手紙」という非難を突きつけられた。それに応えたのが「俳句的傷痕」という「寒雷」復刊第一号掲載の文章である。しかし、今日通読しても反論らしいものはどこにも書かれていない。伝わってくるのは、芭蕉の生き方と対比しながら、敗戦焦土に苦渋を担って生きようとする、実にストイックな模索の姿勢である。〈死ねば野分〉、芭蕉の漂泊を強く意識した修辞であろう。そして、それゆえにこそ、私は死後、野分となって駆け巡る思いと読みたい。芭蕉は、己が生死を超えて夢を枯野に駆け巡らせたが、楸邨は修羅として在り続ける生を選び取ったのである。

二百十日も尋常の夕べかな　　蕪村

野分が、王朝的風趣から漂泊の思いを、そして、過酷な時代を生きる思いの表現を担う言葉として時空を広げてきたのに対し、「二百十日」や「厄日」は、農民の思いを担って表現世界を広げていった。「二百二十日」「二百三十日」という言葉もあるが、いずれも一日一日、数えながら稲の実りを待っていた人々の祈りが結晶している言葉である。この句には、やがて沈もうとする夕日に、今日一日を不安のうちに過ごしてきた人々の安堵が湛えられている。

梯子あり颱風の目の青空へ　　西東三鬼

昭和二十九（一九五四）年の青函連絡船洞爺丸の事故のニュースは、当時、七歳だった私の記憶にもはっきり残っている。閉塞前線を台風の目と勘違いしたため起きた事故だが、当時は確か、台風の目に入ったために、台風が通過したと判断して遭難したと父から聞いた。爾来、「台風の目」と聞くたびに、言いしれぬ不安を伴うようになった。それでなくとも、急速に風が止んだあとの青空はどこか不気味な静けさを伴う。

梯子は、台風で壊れた屋根の修理にでも使われたものだろう。修理の人の姿は見えない。そのことが却ってさまざまな想像を誘う。梯子を上った人はそれっきり帰ってこなかったのではないかと思うのは、私の幼年体験ゆえかもしれない。やがて、また風雨が荒れ狂う。その予兆でもある青空へ向かう梯子は私に上ってこいと誘っているようにも感じられる。

「台風の目」とは、いつ頃から使われ出した言葉か私には不明だが、気象衛星の映像などみても、確かに人間の目にそっくりである。少なくとも熱帯性低気圧が雲の渦を作り、中心部が空洞状になるという事実が確認されてからだろうから、普及したのは戦後であろう。大岡昇平の『野火』にも用例が見られる。科学的知識が新たな言葉を生み、それが詩歌の世界に新たな想像空間をもたらし、発想を豊かに広げる、その好例ともいえよう。

天の川の出会い

天の川（秋）

星を見るのは好きだが、星座を見つけることがなかなかできない。蠍座や双子座を知らずして、宮沢賢治の大ファンだと言っても、誰からも信用されない。そう思ったので、若い一時期、プラネタリウムで星の知識を身につけようと思いついたことがあった。私が利用したのは、仙台の西公園というところにあった天文台のプラネタリウム。その古いプラネタリウムの椅子に仰向けに座って、巨大な曲面のスクリーンを眺めながら、やさしいアナウンスに導かれて、夏の大三角や冬の大三角、そして、それらを起点にしたさまざまな星座の探し方を教えてもらった。なるほど、よくわかる。十分理解したつもりになって、喜んで現実の夜空を眺め星を探した。確かに、それらしい星はいくつか見つかる。しかし、しだいに、どれがどの星で、どの星座がどう連なっているかまるで見当がつかなくなるのである。何度か、そういう経験を繰り返し、つまるところは、それまでも何とか見つけることができていた北斗七星やオリオン座、カシオペア座それに白鳥座などを確認して、それであきらめて終わるというのが常であった。

さすがにそんな根気の根の字もない私にも、天の川は、空気の澄んだ夜空であれば、いつでもすぐに判断できた。数年前の五月にも岩手山中で、久しぶりに天の川と出会うことができた。

午後十一時頃だったろうか。まだ低かったが、山際から天に昇るように懸かっていた。この時期はそれほど鮮明に見えないが、そのことを差し引いても色がずいぶん薄く感じられた。夜空がかすんでいたせいだろうか。それとも私の視力のせいだろうか。少年時代、句会帰りに父と仰いだ天の川が、今まで見た天の川の中でもっとも色が濃く思われるのは、時間という魔法のなせるわざなのだろうか。

荒海や佐渡によこたふ天河　芭蕉

天の川と言えば、なんと言っても芭蕉のこの句であろう。もう多くの俳人や研究家が委曲を尽くして鑑賞してきた名句だから、改めて私が付け足すようなことは何もない。しかし、この句の世界へ読み手を導くため芭蕉が仕掛けた手立てには、とりあえず触れておくことにしたい。『おくのほそ道』と「銀河ノ序」とにおける、この句の位置づけである。

芭蕉は『おくのほそ道』では、この句を「天の川」という季語が持つ伝統的な七夕の情趣世界を色濃く湛える文脈の中で披瀝している。その意図は、この句の前に、

文月や六日も常の夜には似ず　芭蕉

をまるで序曲のように配置していることにはっきりと窺うことができる。いうまでもなく翌夜が七夕であることを前提としている。〈常の夜には似ず〉という期待感を込めた言い方が、来るべき七夕を待つ心の高揚感を強くして余りある。七夕伝説は中国漢代の『古詩十九首』（『文

選』巻二十九）が初出とされているが、元々農事や機織りの呪術的なタブーと結びついた話であった。芭蕉の『おくのほそ道』の意図に従うなら、この句の天の川は、佐渡という現世を眼下にした天上世界の、しかも一年にたった一度の恋の舞台として設置されている。それは佐渡の流人たちの現世への帰還を求める願望をも担っている。〈よこたふ〉という、読みようによっては実に艶めかしい表現もまた、この句のロマンチシズムをより深く湛える効果を発揮している。この句が、象潟《きさかた》の、

波こえぬ契ありてやみさごの巣　　曾良

という鶚《みさご》の夫婦愛を詠った句に続き、後段に市振の遊女との別れの場面が置かれているところは浄瑠璃や連句の恋の句の展開にも符合する。

ところが、安東次男が『芭蕉』で指摘しているように、この自句へのイメージは変遷する。それは許六編の『風俗文選』「銀河ノ序」と『おくのほそ道』とを比較すると次第に鮮明となってくる。ここでは芭蕉は、出雲崎が当時の佐渡ヶ島への渡船場であることを踏まえて、この句を出雲崎の作とはっきり示している。実際に出雲崎に泊まったのは七月四日で、句は直江津でできたらしい。いずれにせよ、発想自体は出雲崎にすでにあった。「銀河ノ序」では佐渡は海上彼方に横たわる黄金が産出する「目出度嶋」であることが語られ、「大罪朝敵」が島流しにされた恐ろしい島であると、その来歴や意義が披瀝される。そして、それゆえの島の悲運を偲び、その悲しみの高揚感に、この句が添えられる。天の川は、恋の舞台としてではなく、金

や権力という人間の欲望世界が凝縮した世界として、天上から慈しむ無窮の光として存在し始める。天の川が永劫に静謐化された宇宙の象徴とするなら、〈荒海〉は人間世界を取り囲む自然そのものの厳しさの象徴として配されていることになる。「沖のかたより波の音しばしばはこびて」という叙述は、芭蕉の枕元の先に広大な荒海が広がっていることを強調している。無辺広大な自然と無常矮小な人間界の対比。芭蕉が「銀河ノ序」で伝えたかったのはそこに尽きる。私の勝手な想像に過ぎないが、『おくのほそ道』成立後にしたためられたと思われるこの文は、『おくのほそ道』における詩的演出が虚に傾きすぎてしまったため、現実世界を表裏とした実感に即した俳句として位置付けたい意志に導びかれ書かれたものであった。この句と同じ情景を実際に芭蕉が見たかどうかは不明である。句の通りに海が荒れていたかどうかもわからない。曾良の『雪丸げ《ゆきまろげ》』には「初秋の薄霧立もあへず、流石に波も高からざれば」という記述がある。一度隠岐の島へ船旅をしたことがある。十一月だったが、その船中で新潟出身の中原道夫が、笑みを湛えながら、「今はともかく、夏の日本海は実に穏やかだよ」と、芭蕉の句を念頭にしながら私に語ってくれた。その時、私の脳裏に、数十年前に一度だけ渡った佐渡の海がよみがえったが、確かに荒波ではなかった。もちろん、そうした事実の如何は、この句の価値と何ら関係がない。むしろ、そうした事実の如何を超えて詩的リアリティを創造しようとする芭蕉の執念に気づかされながら、ただ彼の言葉に頷いていたのだった。この句の時空を抱合した壮大なイメージは、現実世界と紙一重の、いわば虚実皮膜の間に奇跡的に開示されている。

うつくしや障子の穴の天の川　一茶

この句の障子の穴から覗くという設定には、どうしても男女の逢瀬を覗き見しているという、野卑ながら、ペーソスを漂わせた諧謔味が加わるのを否定するわけにはいかない。この句が生まれたのは、文化十（一八一三）年。やっと遺産問題で弟との和解が成立し、柏原での定住が決まった年である。だが、一茶は長野の門人宅で病いに臥す。腫れ物のせいのようだが、五十歳を過ぎた、しかもまだ独り身であったから、その痛みがもたらす孤独感は一入であったにちがいない。アイヌの神話によれば、天の川はペッノカと呼ばれ、現実の川がそのまま空に移ったものとされている。エジプトで天の川がナイル川に続いていると考えているのと同様の発想で、天地が一体となった壮大な夢想だが、一茶の句ではまったく反対である。一茶にとって現実は障子の中の、胎内のような暗い空間であって、天の川は、到底行き着くことのできない別世界ということである。そして、それゆえ二星は、また別の輝きを増す。孤独の果ての憧憬が〈うつくしや〉に込められている。

戸隠や顔にはりつく天の川　矢島渚男

一茶の句を踏まえて作られたものだろう。一茶が覗き見するしかなかった天の川を作者は自らの顔に直接貼り付けているのだ。ナルシシズムを伴った陶酔感がこの句の魅力だが、そうした想像がリアリティを生むのは、〈戸隠〉という場所の選定にあろう。「戸隠」は『古事記』の天の岩戸のエピソードに由来する。高千穂のアマテラスオオミカミが隠れていた岩戸をタヂカラオノミコトが開いた時、その岩戸が、信州の山奥まで飛んできたことから付いた名前である。余談めくが、単なる空想ではないと私は思っている。太古の九州は全体が一つの火山であった。九万年前の阿蘇の大噴火では、火砕流は九州中央を覆い一部は海を越え山口県の秋吉台に到達したと言われている。火山灰は北海道にも及んだ。大岩の一つや二つが長野へ飛んだとしても何も不思議はないのだ。そんな古代を思い起こし、自分がタヂカラオノミコトになったつもりで天を仰いだとき、天の川が顔に貼り付いたのである。この句は古代神話をバックとしたダイナミックな想像力が根底にあって生まれた。

別々に流されて逢ふ天の川　照井　翠

これは東日本大震災の津波で犠牲になった若い男女を詠んだ句である。読むたびに、いつも歌集『リアス／椿』所収の、

従《を》叔父《ぢ》はこなた従《を》叔母《ば》はかなたの湾の底　引き上げられて巡り逢ひたり　梶原さい子

という短歌を思い浮かべる。この二つは詩型の違いを超えて呼応しあっている。さらに照井の句は、一茶の句に一脈通じ合うものがある。出会うことができたのは、この世ではなかったという悲痛に満ちているからだ。一抹の救いは、屍は現実世界で、魂は天上世界で出会うことができたと読めるところだろうか。大震災後、天の川さえ死者の世界のものとなってしまった。

時雨西東

時雨（冬）

時雨は、数ある季語の中でも、もっとも俳人好みの言葉の一つ。理由はいろいろ考えられるが、この言葉に蓄えられてきた詩的感懐や思想が、俳人の価値観や趣向によく溶け合うことが挙げられる。時雨は『万葉集』や『古今集』にもよく詠まれていた題材。ただし、平安時代までには、季節は冬と限っておらず、秋の雨としても詠まれていた。初冬の情趣と定まってくるのは、『新古今集』前後あたりからで、俳句の世界を代表する言葉となったのは芭蕉が好んで用いたからである。

旅人と我名《わがな》よばれん初しぐれ　芭蕉

山本健吉の受け売りに過ぎないが、芭蕉の、「古池の蛙」をはじめとする伝統的情趣への反骨ぶりは、この時雨にも顕著である。これは『笈の小文』の冒頭に置かれているが、旅立ちにあたっての餞別の席で披露されたものであった。〈我名よばれん〉という気負い込んだ物言いからは、漂泊者の孤影とともに旅人と呼ばれることへの自負や矜持を読み取ることができる。〈初しぐれ〉は、折からの雲間を割って覗いた陽ざしに輝いてもいるかのようだ。『笈の小文』

の旅も、『野ざらし紀行』同様、悲壮な覚悟の要る旅ではあったろう。しかし、この句の意志と期待がないまぜになった名告りぶりには、『野ざらし紀行』の深刻さはない。むしろ、旅人と呼ばれることへの充足感が溢れている。「時雨」は、ある種のはなやぎをも主張している。「時雨」はもともと冬へ向かう寂寥を象徴する題材であった。それに旅寝する心細さや人恋の思いを重ねて用いられてきた。例えば、『万葉集』巻十、秋雑にある、

秋田刈る旅の廬に時雨降りわが袖濡れぬ乾す人無しに　作者不詳

という歌は、自らの意志に反して旅人とならなければならなかった不遇の民の、妻恋う思いが主題である。時雨は、作者の涙そのものとして、その嘆きが託されている。室町時代になって、こうした時雨を、世捨て人としての無常観からとらえ直したのが宗祇《そうぎ》である。

世にふるもさらにしぐれのやどりかな　宗祇

隠者として生きる意志が、旅寝の恋心を断ち切って、孤独の相を深めた次元で語られている。宗祇の旅が現実にはどんな旅であったか、さまざまな見方があるようだが、流離漂泊のわびしい旅人として生きざるを得ないとの思いもまた色濃くあっただろう。宗祇の後半生には応仁の乱も起こった。自らの意志とは別に、旅を生きる場に選ばざるを得なかった側面もあったのは否めない。旅の途中で亡くなってもいる。この句には、そうした時代的不遇をもまるごと抱え込んだわびしさがこめられている。これに呼応した芭蕉の句に、

世にふるもさらに宗祇《そうぎ》のやどり哉　芭蕉

がある。「時雨」は直接示されていないが、〈宗祇のやどり〉というフレーズにすでに時雨が含まれている。宗祇が時雨に対して受動的、諦観的なのに対して、芭蕉の方は能動的、意志的である。その分、時雨のとらえ方も観念的である。こうした芭蕉の姿勢が、先の「旅人」の句の、時雨のはなやぎへとつながってゆく。芭蕉は漂泊を、宗祇以上に積極的に選び実現していった。その姿勢が、時雨の雨粒の一つ一つまで旅人芭蕉を祝福しているかのように感じさせるのである。

　ところで、芭蕉は誰から「旅人」と呼ばれたかったのだろうか。餞別の席に居合わせた連衆からと考えるのが、まずは自然だろうが、私はそれ以上に、同じ『笈の小文』で「造化にしたがひ造化にかへれ」と芭蕉が指し示した非人称の存在、つまりは詩の神から呼ばれたかったのだと思いたい。そう想定することで、漂泊へと向かう風狂精神が、より鮮やかに見えてくる。

　時雨には時雨の降り方がある。そして、それが時雨の世界を限定する大きな要因であろう。小川軽舟の文に拠れば、京都生まれの飯島晴子は、京都以外の土地で時雨という言葉にかなう雨に遭ったことがないと書いていたそうだ。納得できることである。事実、時雨は、京都、奈良などの秋から冬の変わりやすく不安定な天候がもたらす雨を指す。厳密に言えば、それ以外の雨のことではない。加えて京都や奈良の歴史や文化が背景にあって、時雨の情感が生まれた。だから、その地で感性を育んだ晴子が、こう指摘するのも無理からぬことだ。しかし、それを首肯するなら、時雨という言葉は、他の地域では使うことができなくなってしまう。確かに関東平野では時雨と覚しき雨はめったに降らない。だが、軽舟が指摘する通り、問題は降る場所ではない。その降り方とそこに込められる情趣の問題である。時雨本来の「はかなさ」を踏まえながらも、さらに新しい感覚や世界観を付加させることができたとき、時雨はどこでも用いることができる。季語は元より言葉は、つねに新しい息を吹きかけられ、生まれ変わる。

みちのくの時雨は荒し棒の虹　　山口青邨

この句は、みちのくの時雨を詠ったもの。おそらく青邨の故郷の岩手山麓の時雨を詠んだものだろうが、私には海に降る時雨が想起される。それもまた暮らした風土の違いというものかもしれない。私の住む宮城県では、松島芭蕉祭全国俳句大会が毎年催される。芭蕉忌に近い十一月第二日曜日である。時節柄、当日時雨となることが多い。晴子が招聘《しょうへい》されて赴いた時は、初雪だったそうだが、もし時雨であっても、彼女は、これは時雨ではないと言い張っただろう。その頑固ぶりを想像するのも楽しいが、海に降る時雨は、京とはまた別の趣があって、これもまた一つの時雨の世界だと私は思っている。掲句からは、折からの冷たい風にあおられる粗塩のような雨粒の先に、筋肉の塊のような虹が渾身の力で起ちあがるのが見えてくる。

だが、地域限定の季語という言葉も確かに存在する。東北の「やませ」はかつて、西日本の山を越えて吹き下ろす寒い風や船出を促す風と混同されて用いられてきた。近年になって、やっと三陸や北海道の海の冷害を呼ぶ風のイメージが定着した。「うりずん」は沖縄の三月から四月頃の気候を指す言葉。いくら初夏の暖かさのことと言っても、さすがに他の地域には似つかわしくない。

こう考えてくると、いかに普遍化しようが「時雨」もまた、京都、奈良の盆地に降る雨という原型的イメージを母体としていることを前提から外すことはできない、その上でこそ新たな時雨の世界を創造すべきなのである。

平成二十五（二〇一三）年六月に、スペインを旅する機会に恵まれた。アンダルシアは、からっとした灼熱の地であったが、北西端のサンティアゴ・デ・コンポステーラはうって変わって、冷ややかな空気に包まれていた。現地の大学で教鞭をとる日本人女性に案内されて聖ヤコブを祀る大聖堂を訪れた。ローマ、イェルサレムと並ぶ巡礼の地である。途中、小雨が降る。彼女は、ここでは傘を差す人はまれだと言う。毎日のように小雨が降っては止み、止んでは降る。つまり、年中降りみ降らずみなのである。まさに時雨。その雨が石畳を濡らすさまが、またなんともいえない旅情をかきたてる。春夏秋冬、いつも同じだというから、はじめは、時雨とは呼べないかとも思った。だが、それは自分の中に培われた狭い時雨観にとらわれた考えだと、まもなく思い改めた。スペインにはスペインの時雨、しかも春時雨、夏時雨、秋時雨、そして、冬の時雨があると考えればよいのである。もし、サンティアゴで俳句に親しむ人が育ち、こうした時雨を詠んでくれるなら、きっと、遠い日本にも、その思いは伝わると意を強くしながら、当地の大学で日本語を学ぶ学生のための俳句のレクチャーに急いだことを思い出した。

天地の間にほろと時雨かな　高浜虚子

この句の時雨の新しさは、降る空間の発見にある。山間の狭い空からこぼれてくる時雨ではない。同じく海辺の時雨でもない。〈天地〉という、観念として把握された無辺世界の、そのほんの一角に、ほんの一瞬だけ降る雨が表現されている。この句が鈴木花蓑《はなみの》の追悼を踏まえているという背景を知らずとも、この〈ほろと〉は涙を連想させる。時雨は天の涙と書けば通俗的ではあるが、これもまた先に触れたように『万葉集』以来の伝統的感受。このようにダイナミックな現象としてとらえたところに虚子の力がある。

しぐるるや駅に西口東口　安住　敦

大都会に降る時雨である。場所はどこでもいい。にぎやかな駅を想像するが、句には「田園調布」と前書があり、実際は閑静な駅であった。作者は『自選自解安住敦句集』で、待ち合わせの出口を間違えたことが、句が生まれたきっかけと述べていた。西東という言葉から、さまざまな方向からたくさんの人が集まり、出会い、あるいはすれ違い、別れていくさまが思い浮かんでくる。みな、それぞれの思いや喜怒哀楽を抱えながら行き来するのである。「時雨」が培ってきた漂泊が、現代の都会に現代の漂泊として生まれ変わっている。

美濃和紙に美濃の時雨の匂ひけり　橋本榮治

これは時雨を見ている句ではない。思い出している句である。しかも、思い出しているのは時雨の匂いであって時雨そのものではない。美濃和紙は障子紙がよく知られているが、ここでは机上に広げた料紙だろうか。実用的な分厚いものがふさわしい。思い出した契機は紙そのものの匂いにあった。だが、しだいに、風合いや光、色全体が、かつて出会った時雨と重層し始める。もしかしたら、作者の脳裏には、新羅からの渡来人が育てた美濃和紙の歴史をはじめとした美濃の国の時空が浮かび上がってきていたのかもしれない。時雨は、ここでは時空を遡る回想装置として働いている。

枯野の夢、夢の枯野

枯野（冬）

年一、二度の恒例なのだが、その年も咽頭癌手術の経過診察のため名取市にある宮城県がんセンターを訪れた。結果は順調とのことで、まずは一息つきながら病院をあとにした。ふと思いついて藤原実方の塚に立ち寄った。塚は、病院から車で二、三分、徒歩でも行ける近さの小さな集落の片隅にひっそりと残されている。実方は中古三十六歌仙の一人。花見の折の歌がきっかけで藤原行成と言い争いになり、行成の冠を庭に投げ捨てたことから、一条天皇の怒りに触れ、「歌枕見て参れ」と陸奥守に左遷された。いわゆる貴種流離の一人である。美貌と才覚を兼ね備え、光源氏のモデルであったとの説もある。小川沿いの猫の額のような駐車場から数十メートルほどのところに小さな石橋があって、そこを渡ると実方の墓は目の前である。実方は地元の道祖神に対する不敬によって落馬し、命を落とした。そして、ここに葬られたと言われている。この橋の袂に文政天保期の仙台の俳人松洞馬年の〈笠島はあすの草鞋のぬき処〉という芭蕉追慕の句碑が建っている。『おくのほそ道』の旅の途中の芭蕉が、折からの五月雨に妨げられて、塚を訪れることができなかったことを踏まえた句である。その傍らに西行ゆかりの「かたみのすすき」が申し訳程度に植えられてある。その薄は一般の薄に比べて背も低く、また葉が細い。おそらく近年になって整備した際に植えたものだろう。西行が実際に見たのはこんなたおやかな薄ではなかったと勝手に思っている。

朽ちもせぬその名ばかりをとどめ置て枯野の薄形見にぞ見る　　西行法師

西行は文治二（一一八六）年に訪れたと伝わる。実方が没してから百九十年後のことである。『山家集』のこの歌や「霜枯れの薄ほのぼの見えわたりて」という前書から想像すれば、あたり全体が茫漠たる枯野であって、初めて作者の悲嘆が迫ってくる。どこまでも果てしなく広がる死者が住む場としての枯野なのである。その名残はないかと思って、あたりを見渡した。しかし、田畑が広がり、休耕田らしきところに秋草はなびいていたが、さすがに枯野と呼べるような荒涼たる風景は、当然のことながらどこにも見当たらない。そのとき、ふと心をよぎったのは、枯野と呼べる原野が、今の日本に果たしてどれだけ残っているのだろうかという疑問であった。確かに、箱根仙石原の薄原であるとか、特定の場所には枯野は残っている。しかし、大方は風光を味わう景観としての枯野であって、例えば、京の鳥辺野とか遠野のでんでら野のように、人間界に隣接した異空間としての枯野は、もはや存在していない。かつて枯野とは、身近な死者の場として存在していた。西行が薄を実方の形見と見たのも、枯野がすなわち死者の世界であったからである。そういう意味では枯野は、もしかすると今日の日本では詩歌の世界にのみ存在する空間になってしまったと言えるのではないか。

旅に病で夢は枯野を駆け廻る　　芭蕉

これは芭蕉の死の五日ほど前に作られた。芭蕉は、体調がすぐれないにも拘らず門人の争いの調停に腐心し、そのあげく下痢を催して容体を悪化させる。その病の果ての、おそらくは高熱の中での尽きることのない渇望が表現されている。この夢は、現実に熱にうかされた幻影であるとともに、菰を被り旅に死すことを望んだ人の、臨終にあってなお沸き上がる詩的希求心である。では、その夢の駆け巡る空間が、なぜ枯野なのかと考えるとき、西行のそれと共通しながらも、また別の位相が加わっていることに気づく。

それは、芭蕉は、そこを忌み嫌うべき場所としてだけ描いていないことによる。自らが進むべき場、死してなお生き続ける場として意識されている。野ざらしの旅を覚悟した四十一歳以降、芭蕉にとって、枯野とは風雅の魔心にとらわれた、風狂がさまようべき観念の空間であった。野ざらしの死者が現実のものであったという点では、江戸時代も西行の時代とほとんど変わることはなかったろう。だが、芭蕉にとって、枯野は意識的に選び取るべき場であった。西行にとっての枯野とは忌避したくとも忌避できない場であった。そこに微妙な差異が生ずる。戦乱の渦中にあるものと戦乱を遠景とする時代を生きるものとの違いであるのかもしれない。

遠山に日の当りたる枯野かな　　高浜虚子

この句について虚子は、後日『虚子俳話』で次のように述べている。

自分の好きな自分の句である。

どこかで見たことのある景色である。

心の中では常に見る景色である。

遠山が向ふにあつて、前が広漠たる枯野である。その枯野には日は当つてゐない。落莫とした景色である。

唯、遠山に日が当つてをる。

私はかういふ景色が好きである。


つまり、この枯野の情景は現実のものであると同時に、象徴風景なのである。句が成ったのは、虚子庵例会だが、そのことを抜きにしても、作者の心中でいつしか形成されていったイメージが、ある日あるとき言葉の形となって生まれたものであることが了解できる。虚子の一家は虚子が生まれてすぐ、松山から「三里あまり隔たつてをる風早の西の下」に移住した。その辺のいきさつは『虚子自伝』の「西の下」という文章に詳しいが、虚子にとって、この松山から十数キロ離れた田舎が、故里となった。移った理由は、士分であった父が帰農するためだったらしい。「西の下」では、その東方にある高縄山をはじめ四方の山々のことを詳しく記している。それは虚子自身の言葉を借りるなら「幼い私の目に初めて映った天地」、つまり原風景なのである。掲句の遠山や枯野はここに帰する。そして、作者の中で、自らが生きる世界の典型として昇華した。それは前述の引用文に続けて、「わが人世は概ね日の当らぬ枯野の如きものであつてもよい。寧ろそれを希望する。たゞ遠山の端に日の当つてをる事によつて、心は平らかだ」と述べていることでも頷けよう。

枯野は、虚子にあっても蕭条としたすさびの世界である。同時に、日の当たる遠山が配されることによって、心が安らぎ、生きる力が授かる空間であった。遠山の光は、次第に仏教的救済の色をさえ帯びる。これは、西の下が遍路がひっきりなしに通り過ぎてゆく往来であったことと無縁ではないだろう。「母の膝に乗つかつて、表を眺めてをりますと遍路が南無大師遍照金剛ととなへながら杖を突いていくのを、神秘なもののやうに眺めてをつたことを覚えてをります」とも記している。枯野は虚子にとって、人々が彼方からやってきては彼方へ過ぎ去ってゆく空間でもあった。死と隣り合わせでありながら、安寧の空間であった。それが虚子にとっての枯野なのである。

よく眠る夢の枯野が青むまで　金子兜太

句ができた当初は、芭蕉の臨終の句は特に意識になく、できたあと少しして、やはり本歌取りになるかと思ったと作者自身が述べている。〈夢の枯野〉は芭蕉の枯野を踏まえてこそ、命の再生の場として、さらに新たに立ち現れてくる。

まず夢の中に静まり返った無色の枯野が現れる。夢には色がないというのは俗説で、鮮やかな色彩が付く場合も多い。ここでは枯野のモノクロ映像が、しだいに夢の中で滲むように色彩を帯びてくる。それも枯野のさまざまな雑草の一本一本が少しずつ緑を帯び、やがて、一面の草原となるといった経緯まで感じさせる。それは〈よく眠る〉というたっぷりとした時間感覚による。覚醒と同時に、自分自身が一本の枯薄から青薄へと生まれ変わったような充実感へと変わる。作者七十代終わり頃の作だが、その充実感は年齢を感じさせないほど若々しい。いや、この年齢ならではの若さと言った方がふさわしいかもしれない。また、その時間感覚は一日というサイクルを超え、春夏秋冬、さらには死後と再生という永遠のサイクルさえ想起させる。兜太にあって枯野は蘇りの場以外には存在しないのである。

いちまいの蒲団の裏の枯野かな　齋藤愼爾

この枯野も、また現実より想念の中で醸成された世界であろう。芭蕉の枯野を下敷きにすれば、旅寝として読むこともできる。しかし、私はそれを承知の上で、あえて平凡な市井の起臥と読みたい。淡々と毎日繰り返される、この営みもまた枯野という死の空間を表裏にしているということだ。目が覚めたら、そこは枯野だったというのは『雨月物語』の「浅茅が宿」だが、そうした特異な話を持ち出さずとも、今という生の営みは、それまでの無数の死者の屍の上であって初めて存在し得るのである。野ざらしの死も蒲団の上の死も、つまるところは同じ。死は、死に方の問題ではなく生き方の問題だと無言のうちに主張しているとも読める。

天心の歩けば動く枯野かな　鷹羽狩行

この枯野は現実空間そのものである。今日でも枯野は厳然と存在していると主張しているような句だ。先の四句がいずれも枯野と相対したり、枯野をイメージ化しているのに対して、より身近で生々しいのだ。作者は枯野のど真ん中にいる。だから、見えるのは四方の薄や菅や葎《むぐら》と高い空ばかりで、もちろん遠山も見えない。この句の枯野のリアリティは、そこから生じてくる。時折、風が吹けば、どこまでも渡ってゆくその音が聞こえ、枯野を一人ゆく不安感は、いっそう濃いものとなる。しかし、枯野はやはり、旅するところ、歩き続けるところである。歩みを止めれば野ざらしとなるのは、これまでの枯野と変わることはない。その心細い漂泊感が、歩を進めるたび動く天心の不安定感によって倍増する。そして、その孤独感のうちに、作者は天地というもののダイナミックなありようを体感する。

降る雪

雪（冬）

「降る雪」とか「雪降る」というフレーズは、どこかしんとした思いを誘う。それは、これらが連想させる情景や情趣のせいだが、おそらくその映像は一人一人重なり合いながらも、一人一人みな違うはずだ。ここに言葉そのものの本質の一つがある。私にとって、これらの言葉から導き出される世界は内村直也作詞、中田喜直作曲の戦後まもなくからヒットした「雪の降るまちを」の歌にもたらされたところが大きい。

これは、もともとは昭和二十六（一九五一）年のＮＨＫラジオの連続放送劇「えり子とともに」の挿入歌であった。最初は一番の歌詞だけしかなかったのだが、好評だったので、二番以降が制作されレコードが作られたのだそうだ。私がこの歌に親しみ始めたのは昭和三十年代だから、名曲として評価が定着してからである。題名として記憶にあるのは「雪の降る町を」という漢字表記の「町」で平仮名ではなかった。もっとも、これは私自身が都合のよい方を記憶していたに過ぎなかったのかもしれない。「町」表記がやがて「まち」になったようだ。なぜ都合がよかったか。それは私の住んでいた田舎町の情景と合わせてイメージ化できたからである。後になって「雪の降る街を」という表記も現れた。これでは私の思い浮かべる情景ではなくなる。私にとっては「町」でなくては、歌の魅力は半減する。都会に住む人なら「街」でなくてはならない。「まち」と平仮名表記にしたのは、その塩梅に配慮したためだろうが、却ってイメージしにくく、何だか別の歌のように思えたこともあった。メロディは山形県鶴岡市で見かけた降雪風景が奏でられていると知ったときも、少しはぐらかされた気分になった。鶴岡は海にほど近いから山間部ほどではないが、やはり雪国。雪はけっこう積もる。この歌の雪は降っては、まもなく消える、そのはかなさがあってこそ魅力的なのだなどと自分勝手にイメージを作っていたのである。私の生まれ育った土地の降雪はそんなに深く積もらない。もっとも、こうしたイメージの差異は、この歌のみならず、すべての歌、そして、すべての俳句にもいえる。人それぞれが培った言葉のイメージは千差万別。千差万別でありながら、共通する普遍を併せ持っている。

三十代頃、福島山中で催された「海程」の句会に参加したことがあった。そこに居合わせた地元の俳人が、「雪国の困苦を知らずして、軽々しく『雪』で俳句を作るべきでない」と声に力を込めていたのを今も覚えている。なるほどとうなずきながらも、しかし、さまざまな雪があっていいのだし、南国だって雪の俳句は作れると一人、心の中で反論をしていた。

雪の降る町といふ唄ありし忘れたり　　安住 敦

この句は、『柿の木坂雑唱以後』という没後に編まれた句集に所収されている作者最晩年の作である。病の影響で物忘れがひどくなっていたそうだが、鑑賞にはそのことを前提にしなくともいいだろう。忘れてしまったのは、「雪の降る町を」という歌だけではなく、それを口ずさんだ時代のもろもろの思いや出来事である。安住敦は、終戦直前、対戦車自爆隊と名付けられた、敵が上陸した際に爆弾を抱えて戦車の下に潜り込む決死部隊に所属していた。戦後の生活は、九死に一生を得たような思いの日々であった。さらに、この歌が流行っていた昭和二十八（一九五三）年に、母の急逝に遭ってもいる。二月のことだ。そんな思い出の中に降っていた雪の冷たさ、温かさも忘れてしまった悲しみが、〈忘れたり〉という下五の背後に広がっている。

降る雪や明治は遠くなりにけり　中村草田男

雪が回想装置として働くことは、「雪の降る町を」の一番の歌詞や安住敦の句にも顕著だが、この昭和を代表する俳句によって一般に定着することになった。「雪の降る町を」を作詞した内村直也も、この句を知っていたのではないかと穿ってみたりもする。この句が作られたのは昭和六（一九三一）年、人口に膾炙するようになったのは、徳川夢声が自身の随筆集に『明治は遠くなりにけり』と名付けたり、放送でしばしばこのフレーズを使った戦後からである。もともとは母校である東京青山の青南小学校を訪れた際の草田男自身の個人的な懐旧の思いから作られた。一年足らずで何度も転校を繰り返した少年時代と現在の小学生の姿とのギャップへの複雑な思いがこめられていた。加えて進路に行き詰まっていた当時の沈鬱。しかし、敗戦という悲劇を通じて、しだいに明治を懐かしむ日本人全体の心情を代弁する作品へと生まれ変わっていった。名句は読者が作り上げる。
雪は、かつては未来を望み、予言するものであった。

新《あらた》しき年の始の初春の今日降る雪のいやしけ吉事《よごと》　大伴家持

『万葉集』末尾のこの歌は、雪が豊年の予兆とされている民間信仰を踏まえたものである。降る雪自体が米を連想させることにもよるが、雪が山に蓄えられ、雪解水となり、その年の豊作がもたらされることを喜んだのである。この歌はそれを踏まえながら、降る雪と同じように祝い事が続くとともに、天皇が長命たることを祝福したものである。雪は、豊かな未来の象徴であり、天からもたらされる恵みであった。

限りなく降る雪何をもたらすや　西東三鬼

この句が作られたのは昭和二十二（一九四七）年頃。しかも、もたらされるべき幸い自体に一種の疑義を呈している。農事の祈りとは別の世界である。雪は、目前に降りしきる現実のものではあるが、来るべき新しい時代の象徴として働いている。敗戦とはいえ、とりあえず収束した戦争のあとに、どのような世の中が、未来がやってくるか、息を殺して天を見つめているといったふうなのである。もちろん、根底には天に対する古代人同様の祈りがある。いや、むしろ、その祈りの思いは深刻で強い。そして、その分、現実にやって来るべき世や時代を見つめるまなざしは冷徹さをより増す。虚無感と期待感とが渾然となり雪となって降りしきる。

雪降りてまこと楽しきまどゐかな　　星野立子

雪は、鈴木牧之の『北越雪譜』を繙くまでもなく豪雪地帯にあっては人々を古来苦しめ続けてきた自然現象。しかし、暖地にあっては、心ときめくひとときをもたらすものでもあった。降っている間は外は寒い。そして、その寒さが家族の団欒をより玉のように感じさせる。この句の〈まこと〉には、そういう団欒の幸せを再発見した喜びがあふれている。ここでは雪は、団欒を与え、見守る天からの賜物なのである。

福助のお辞儀は永遠に雪がふる　　鳥居真里子

これも一読幸せそうな気分の句。福助が江戸時代に生まれた幸福を呼ぶ人形とのイメージがもたらすものだからだ。発祥は寛政年間あたりで、福を叶えるから叶福助とも呼んだ。モデルとなったのは摂津国の佐太郎という人物らしい。大頭症で小人症の身体障害者であった。幼い頃は近隣の笑いものになった。やむなく鎌倉や江戸で見世物として糊口をしのいでいた。身体障害者が見世物にされることは、昭和の後期まで行われていたことだ。佐太郎の姿を喜んだ旗本が引き取って大切に庇護したらしい。佐太郎は、結婚もし、自らの容姿を模した人形を作り売り出した。それで幸福な生涯を過ごした。もちろん、これらはエピソードの域を出るものではない。長寿だったとも伝わる。

その福助人形を明治になって丸福という足袋メーカーが商標に使用し、現在に至っている。

異形の者が神で、幸福をもたらすというのは、日本の民俗信仰に深く根を下ろしている考え方だ。七福神も弁天以外は身体障害者だという説もある。元をたどれば、それは水子であった蛭子《ひるこ》や恵比寿の神にさかのぼるだろうし、小人症だったスクナビコナノカミや足が一本のクエビコも連想される。もっとも、現実には障害があるゆえ不当に差別された人々は数え切れないだろう。こうしたことを踏まえると幸運をもたらす神、福助の永遠のお辞儀は、また違った意味合いを帯びてくる。そして、その福助の眼前に永遠に降る雪も、人間の悲喜劇を包んで一層複雑で混沌とした様相を呈してくる。

原子炉の無明《むみやう》の時間雪が降る　小川軽舟

東日本大震災による福島の原子力事故をきっかけに詠まれた句である。〈無明〉は仏語。存在の根底にある根本的な無知を指す。真理にくらい無知のことで一切の苦をもたらす根源でもある。

今般の原子炉の事故は最高レベルの七であった。当時の首相は最悪の場合は五千万人の避難も考えたと後に述懐している。こうした事故がなくとも原子炉が生む放射性廃棄物が本当に安定する最終処分までには、人類の存続すらも不明の永遠に近い歳月が必要と言われる。その間に今回以上の厄災が起きない保証はどこにもない。にもかかわらず人間は、再び原子炉を再稼働させようとしている。〈無明の時間〉を人間は懲りることなくさらに限りなく作り出そうとしている。包むように降る雪は、終末以外の何を予言していると想像すればいいのだろうか。

凩の果

凩（冬）

山麓育ちの私は、風は必ず山の方から吹いてくるものと無意識のうちに受け止めていた。北風や木枯らしはもとより、春風さえもそうで、早春の風の冷たさはそのまま山の雪の冷たさであった。そして、雪が溶け出す頃、春風も次第に和らぐと単純に信じていたようだ。そうした風の意識に変化をもたらしたのは、『図説俳句大歳時記』の解説であった。「東風」を「こち」と呼ぶことは高校の授業で習って知っていたが、「貝寄風」や「桜まじ」という名の風があることを初めて知った。しかも、それらの名前は海や漁と関係があると解説から教えられた。なぜ風の名が海や漁と密接な関係があるか、その頃は、さほど深く考えもしなかったが、はっきり自覚したのは、おそらく小熊一人の『季語深耕［風］』を読んだときであろう。昭和六十一（一九八六）年に角川選書として出版されている。夏の季語の「くだり」「だし」「いなさ」はことごとく航海のための風読みが生んだ言葉である。海に暮らす人にとって、季節季節の風の向きや吹き方の如何は、そのまま生死に関わることなのだ。風の呼び名もまた、そこに暮らす人々の生活と密接に結びついていたのである。

しかし、それでもなお木枯らしは山の風であった。木枯らしが秋の風なのか、冬の風なのか、これについては古くから論争があったようで、俳諧の時代になっても『俳諧歳時記栞草』では「木嵐《こがらし》の義なるべし、木枯にあらじ」とある。その後、次第に木枯らしは、冬の季語と定まってきた。文字通り、木を吹き枯らす風、山間の空を枯葉を吹き飛ばしながら冬の訪れを告げる風としてイメージが定着した。

凩の果はありけり海の音　池西言水

言水《ごんすい》は芭蕉とも親交があり、蕉風確立にも尽力したと言われている。もっとも、俳句や散文、そして、弟子の育成などの多くの点で芭蕉に比肩する力はなかった。しかし、三十代で活動の場を京都に移し、江戸で培った新風を広げた。この句は江戸に住んでいた頃の作で、「凩の言水」の異名の元となった。木枯らしの句と言えば、必ず俎上となる。俳人にとって、生涯一句こそ物を言うということを顕著に示している例と言っていい。

「凩」、木を枯らす風を意味する国字だが、この句の眼目は、山地を吹き渡った木枯らしが海へ出たことによって、木枯らしとしての存在意義そのものを喪失した、そのことを発見したところにある。風には変わりはないのだが、木枯らしではなくなったのだ。木を吹き荒らした風音が海の音と同化することによって海風に転生したと受け止めることができる。海の音はそのレクイエムでもある。前書に「湖上眺望」とあるものがあり、この〈海〉は琵琶湖と言われている。しかし、鑑賞としては、空と海以外何も見えない茫漠とした世界こそ、ふさわしいだろう。山野を吹き荒れてこそ木枯らしであるという暗黙の前提があって、海への展開が生きて働く。

海に出て木枯帰るところなし　　山口誓子

この句もまた海と木枯らしとの取り合わせである。言水の句とよく並び称されるが、誓子自身が、言水を意識していたことは想像に難くない。山本健吉は「言水の木枯らしは変貌《へんぼう》するが、誓子の木枯らしは消え去る」と『定本現代俳句』で指摘している。「消え去る」とは眼前から去ることであって、存在としてなくなるということではない。言い換えれば、言水の句は木枯らしとしては無化し、誓子は木枯らしとして無限化しているということになる。どちらも風としては存在し続けるのである。

これは、誓子が三重県四日市の伊勢湾近くに住んでいた頃の作。『自選自解山口誓子句集』に「私は、海の家にいて、頭上を吹き通る木枯の音を聞いて暮らした」と述べ、さらに、

太平洋に出た木枯は、さえぎるものがないから、どこまでも、どこまでも行く。日本へは帰って来ない。行ったきりである。「帰るところなし」は、出たが最後、日本には、帰るべきところはないというのだ。

と記している。この句が特攻隊の姿を描いたものだという解釈はよく知られているが、それに初めて言及したのは西東三鬼であると角谷昌子の『山口誓子の一〇〇句を読む』で知った。時代の動きに機敏な三鬼らしい解だ。その指摘と昭和四十四（一九六九）年に刊行された『自選

自解山口誓子句集』の文章のどちらが先かは不明だが、昭和十九（一九四四）年作という時代性を前提にするなら「日本には、帰るべきところはない」との認識は国家そのものの行方も投影される。木枯らしを特攻隊の擬人化とのみ限定する必要はないし、それにこだわるとむしろ句の世界を狭いものにしてしまう。しかし、戦局が悪化し続ける当時、兵士だけでなく国そのものの命運を憂う思いを作者が強く意識していたのは間違いないことで、その心理は色濃く反映されていたであろう。加えて、当時誓子自身、肺を病み療養の身であった。昭和二十二（一九四七）年には病状も悪化している。そうした自身の鬱屈も重なり、〈帰るところなし〉という表現が生まれたのである。特攻隊の若者には死という悲劇的終焉が待ち、木枯らしには永遠に吹き続けるしかない無間《むげん》地獄が待つとも読めよう。この句は木枯らしの本質を捉えながら、なおかつ、作者の心理を重層的に湛えているところに魅力の根源があると言っていい。

木がらしや目刺にのこる海のいろ　　芥川龍之介

木枯らしの名句は、どうやら海と切っても切れない関係にあるらしい。この句の海は眼前にない。だが、目刺の一匹一匹の膚に走る、微細ながらも深い青色を目にした作者の脳裏には、はるか彼方の海がはっきり映っている。この句を知ったのも十代の頃だったが、以来、目刺を見るたびに、私は北国の寒潮の色を即座に目に浮かべるようになった。それほど鮮烈な印象を残した句だ。作者自身もだいぶ気に入っていたらしく、『澄江堂句集』の原型になったと言われている自選「隣の笛」五十句にも収められている。また、知人への葉書や手紙をしたためる際にもよく記していたようだ。「長崎より目刺をおくり来れる人に」という前書がついているから、この鰯は南国のものであるらしい。

初読の折から変わらないことだが、この句は都市生活の匂いが濃厚である。龍之介が生粋の東京人であることや、句の感覚が知的に洗練されていること、さらには目刺が東京が江戸と呼ばれた頃から庶民に親しまれてきた食べ物であることなど、理由は枚挙にいとまがない。だが、何より、このまなざしの根底に、長い都市生活そのものへの渇きと海へのあこがれが潜んでいる。木枯らしは西高東低の気圧配置になった頃吹いてくる北風のことで、日本海側では湿り気を帯び時雨を降らせる。山脈を越えると乾燥した風になり、関東平野を吹き抜ける。枯葉を転がしながら、長い冬籠もりの時期到来を伝える。龍之介の〈海のいろ〉を見出した眼には、閉ざされる者の、自由な空間への憧憬がこめられている。

木がらしや東京の日のありどころ　　芥川龍之介

これは、前句の二年前に作られたと言われている。自らの原郷、東京を見つめるまなざしがある。冬日は今、自分が生活している東京のそれであるとともに、自身の原景としての幼き日の冬日でもある。木枯らしは、ここでもその回想装置として働いている。

春風は一番、二番と数えるに対して、木枯らしは一号、二号と呼ぶ。この呼び方も、どこか都会的な匂いがする。初出は日本気象協会発行の「気象」という雑誌とのことで、昭和四十三（一九六八）年以降のことのようだ。その後、基準を決め、「10月半ばの晩秋から11月末の初冬の間に、初めて吹く毎秒8メートル以上の北よりの風」として気象庁が発表することになったらしい。杓子定規に説明されると味気ないことこの上ないが、木枯らしが未知への憧憬と漂泊への思いを誘うことは、この言い方にも表れている。「木枯らし一号」とはまるで木枯し紋次郎を乗せた長距離列車の名称みたいではないか。

やはり嘆きて逝《ゆ》きしと告げよ木枯に　折笠美秋

美秋は難病の筋萎縮性側索硬化症のため五十五歳で亡くなった。高柳重信門下の俊秀として論作にめざましい力を発揮しながらも、不治の病ゆえその仕事を全うすることが不可能となった悲しみを、そのまま詠い上げた句である。看取りの妻に語りかける形になっているが、木枯らしに告げることが目的ではなく、木枯らしにさらに自分の訃報を運んでほしいということだろう。誰の元へと運んでほしいのか。師の重信へか。それもいいが、〈やはり嘆きて〉の上句に着目するなら、美秋が少年時代に感動した中島敦の『山月記』に出てくる、詩家として立つことがかなわずして虎と化した李徴へと解するべきだろう。自らも李徴と同じく虎と化して嘆いているのである。美秋の第一句集名は『虎嘯記』であった。

木の家のさて木枯らしを聞きませう　高屋窓秋
こがらしや木の家に棲む家の霊《ペナンテス》　鷹羽狩行

木枯らしは、それ自体も人間の運命も憧憬の思いもはるか彼方へと運ぶ。だが、その音を聞くのは、どうやら家の中に限るようだ。高屋窓秋の句は戦後、旧満州から帰還した約二年後のもの。〈木の家の〉の「の」が、木枯らしは、そこでのみ聞くものであることを無言のうちに主張している。鷹羽狩行の句からは、木枯らしとは、木の家と、そこに住む家霊と主である自分とが一体となって聞くものである。木枯らしの下、黙って一人畳に座ると、いつのまにか家霊が降りてきて、ともに耳を澄ます。家にも家霊にも自分にも長い冬がやってくる。

雪女あはれ

雪女（冬）

昭和四十二（一九六七）年、二十歳の夏、私は上野から盛岡へ向かう汽車のデッキで夜風に吹かれていた。在学中だった國學院大學の民俗文学研究会の遠野での昔話採集旅行に参加したのだ。遠野は昔話のメッカ。土地の長老たちからどんな話を聞くことができるか、その期待で胸がいっぱいであった。成果は予想以上で、オシラ遊びを実際に目にし、馬娘婚姻譚も採集できた。座敷童《ざしきわらし》も狐の嫁入りも河童も、実際に見たという古老が話すのだから、リアリティは満点であった。しかも、一歩外に出れば、本当の闇が広がっている。だが、心残りだったことが一つあった。それは雪女の話を聞くことができなかったことである。後日刊行された「伝承文芸」第六号という研究会の冊子を繙いても雪女の話は出てこない。他の誰もが採集できなかったのであった。

柳田国男の『遠野物語』には雪女の話が出てくる。ただ、その話は、私が子供の頃に耳にしていた話とは、趣をだいぶ異にする。私の記憶にある雪女は、祖母から聞いたもので、実に単純だった。雪の降りしきる夜に戸を叩く音がしても決して開けてはならない。それは雪女で、開けたらとりつかれて死んでしまうというものであった。ところが『遠野物語』の雪女は、満月の夜に童子をあまた引き連れて遊びに出てくる話で、ロマンチックなイメージを誘う。もっとも、これは、橇《そり》遊びなどに夢中になった子供たちに、雪女が出るから早く帰れと戒めるために語られたもので、根底には、やはり、雪女は恐ろしい存在であることが前提となっている。

みちのくの雪深ければ雪女郎　山口青邨

盛岡出身の青邨の句である。昭和七（一九三二）年、四十歳の作だ。青邨が聞いて育った雪女郎はどんな話であったか、私には見当がつかない。だが、青邨は仙台の第二高等学校に入る十代後半までは盛岡で過ごしていたから、幼少時に聞いた話を踏まえていることは間違いない。雪女の話のほとんどは雪の厄難に遭わぬようにとの禁忌から生まれたものである。「雪女」が歳時記で天文の部に位置づけられているのも、雪女が現実の雪の化身そのものであるからだ。

雪が深ければ深いほど、凍死や行き倒れといった事故は多発した。そして、そうであればあるほど雪女は出現した――。この句は、そうした雪そのものへの畏怖から生まれたものだ。そして、その思いは雪女のイメージを育んできた父祖と深いところでわかちがたく結びついている。

胆《い》沢《さは》満月雪の精二三片　佐藤鬼房

この句には、そうした雪女への畏怖のイメージは直接は感じられない。それは雪女よりも、おそらくは雪童子《ゆきわらし》の説話を連想させる〈雪の精二三片〉という表現のせいである。『遠野物語』

の雪女と童子と似たような話が下敷きとなっていよう。句が生まれた岩手県胆沢《いさわ》は、遠野までそんなに遠い所ではない。同じような話が伝わっていても不自然ではない。小正月の満月の夜という設定も共通する。

それにしても、この雪の精に対する言いようのない慈しみはどこから生まれてくるものであろうか。ここから先は私の勝手な想像も加わるが、それは、この雪の精が亡くなった、あるいはこの世に生まれることができなかった子供たちの化身であることに由来する。薄幸の水子たちへの思いやりが、この句の根底にあるのではないか。

裏付けということでもないが、事実、雪女の話は産女《うぶめ》の伝承と重なっている地方が多い。山形県最上地方などに伝わる。産女は難産などで亡くなった妊婦が化した妖怪のことだ。吹雪の夜、女が道行く人に、自分の子供を抱いてくれと懇願する話である。抱いてくれた者に宝物や怪力を授けるという結末になっているものも少なくない。事実、地方によっては、亡くなった妊婦が産女にならないようにと、胎児を抱かせたまま埋葬する風習もあった。出産が命がけの大事であった時代の数知れない悲劇が産女の話の根底にはある。雪女は、そうした薄幸の女性のイメージも担った。胆沢は奥羽山脈から広がる扇状地。沃野だが、飢饉や水争いも絶えなかった。その土地を母郷とする人の句と知れば、なお世界が広がる。

昨今は降雪量が少なくなったのと交通手段などが発達したせいとで、人災に及ぶ深刻な雪害はずいぶん少なくなった。だから、雪女も身近ではなくなってきたが、俳句の世界では未だ健在である。これは前に触れた、滅んでから存在感を増した「狼」と共通するところである。

雪女郎おそろし父の恋恐ろし　　中村草田男

草田男の父は、この句ができる十二年前、草田男二十五歳の時に亡くなっている。だから、回想の句であろうし、事実の如何を詮索しても何も始まらない。だが、この句の〈恐ろし〉のリフレーンは迫真がある。雪女と父の恋とに共通するアンビバレンスな感情の生々しさがもたらすものだ。雪女は恐ろしい、しかし、同時に魅惑的である。いや、恐ろしいゆえに惹かれてしまうというのが本当のところかもしれない。死に対する憧れも胚胎している。大雪の山中で長い冬を過ごさなければならなかった樵《きこり》や開墾者が育んだ幻想であろう。人里と隔絶された孤独の思いに、飢餓や老いの苦しみが重なった時、世にもたぐいまれな美女に抱かれて安らかに凍死したいという誘惑が、ふと脳裏を過ったとしても決して不自然ではあるまい。そうした夢想の繰り返しが、この死装束に身を包んだ妖美な死への案内人を作り上げたとも指摘することができる。〈父の恋〉にも同様の思いが見え隠れする。領事として海外生活が長く、生活を共にすることが少なかった父は、草田男にとって遠く高い存在であった。その父の恋を夢想すること自体に、そして、それがあり得べきことであることに、すでに恐ろしさは胚胎している。

雪女素足もとより血の気なし　　鈴木真砂女
雪女足手まとひの子は持たず　　〃

九十歳を超えてから刊行された真砂女の句集『紫木蓮』には、雪女の句が十三句も収録されている。それまで雪女の句はほんの数句だから、急激な関心の深まりようである。

　真砂女は千葉県鴨川生まれ。雪には縁が薄い。それでも雪女に惹かれるのはなぜか。長女本《もと》山《やま》可《か》久《く》子《こ》の『今生のいまが倖せ……　母、鈴木真砂女』に拠れば、真砂女は八十歳を過ぎてから恋や離婚といった自分の生い立ちをあたりかまわずしゃべり書きまくったという。叶わぬ恋を追い求めた女性が、自分という存在は果たして何者であったか再確認し始めたのである。実行できるまでには、それなりの歳月を必要としたのだろう。真砂女の雪女は、俳句における自己発見の一手段だったのではないか。

　雪女のエピソードの極めつきは小泉八雲であるが、真砂女の雪女はその話を想起させる。これは茂作と巳之吉という二人の樵の話だが、吹雪の山小屋で雪女に出会う。雪女に白い息をかけられた茂作は息絶え、若い巳之吉は雪女に「若くてきれい」と恋されたがゆえに、この夜のことを決して口外しないことを条件に命が救われる。巳之吉は、やがて訪れてきた雪女の化身「お雪」と結婚し、十人の子供まで授かる。しかし、ある夜、口外しないとした約束を破って妻に話してしまう。その瞬間、妻は雪女に戻り、怒りと悲しみに満ちた様子で溶けて白い霧になり、煙出しから消え去ってしまう。つまり、元より二人は、この世では永遠に添い遂げることができない間柄であった。雪女は人間界を拒んで生きる孤絶の存在なのだ。真砂女は、そうした雪女に自分を投影したと受け止めるのは鑑賞過剰であろうか。男性俳人の雪女は、おしなべて女性性への憧憬を感じさせるが、真砂女の雪女には、それがない。もっと凄絶である。

雪女あはれみほとは火のごとし　　眞鍋呉夫

この句は、雪女と互いに恋い焦がれ合いながらも決別しなければならない巳之吉の側から詠んだものである。以後、雪女は永遠に陰部を火照らせて、吹雪の中に立つことになる。濃厚なエロスが悲しみを伴っているのは、添い遂げることが、ついに叶わないからである。

真砂女と呉夫の雪女は、雪国とはかけ離れた現代に生きる人間の想念が生んだものだ。しかし、それでも雪女が新たなリアリティを加えて表現されているのは、雪女が、今失われつつある自然の象徴としての精霊であり無機質な現代社会を生きる人間の思いの形象として立ち顕れているからである。呉夫自身の言葉を引けば「自他の生命の母胎としての自然と女性に対する憧憬と畏怖の念が見事に総合されている」ということになる。

雪女溶けて光の蜜となり　　眞鍋呉夫

これは新潟県小千谷地方などに伝わる昔話を想起させる。男の許に美しい女が訪ねてくる。女は嫁になったが、お風呂に入りたがらない。無理に入れたら姿が消えてしまって一本の氷柱になっていた。この句の眼目は、女が〈光の蜜〉に変わったという点にある。決して水と化して、この世から消えたのではない。光となって遍在しているのである。しかもエロスに満ち満ちた光。その光の中で恍惚としている作者がいる。

雪女郎逆白浪の立つ夜かな　行方克巳

斎藤茂吉の〈最上川逆白波《さかしらなみ》のたつまでにふぶくゆふべとなりにけるかも〉を下敷きにしている。当然ながら吹雪が眼前を覆い、その向こうから雪女はやってくる。この雪女もまた幼子を抱えているのであろうか。

Ⅲ　滅びと再生

梅の精

梅（春）

宮城県の多賀城《たがじょう》に住んで三十年以上にもなるが、実は、この土地のことは、まだよくわかっていない。もともと人付き合いに消極的な上、職場が仙台で、そのベッドタウンとして住み着いたためか、いわゆる地域情報を身につけることに疎かだった。住む前の知識といえば、多賀城は古代の国府や鎮守府が置かれていたところといったぐらいであった。それに、高校生の時分に、見学で仙台港の建設現場を訪れたときの印象が重なる程度だった。確かバスが広大な葦原を潜り抜けていくと、突然広い砂浜が現れ、その一角に港の建設現場があったと記憶している。案内をしてくれた人が説明する、完成までの費用が天文学的数字だったことに驚いたことが今も鮮やかに残っている。もう半世紀以前のことだ。その葦原も、今はすっかり消え失せ、跡形さえうかがいしれない。

多賀城に住むようになって気づいたことはいくつもあるが、その一つに梅畑がやたら多いことがあった。はじめは園芸業が盛んなせいかと思ったのだが、そうではないらしい。宅地用地の有効活用や減反対策の苦肉の副産物であったようだ。だが、もともと多賀城址近隣は梅の木が多いところで、どの家も自家用の梅の他に丘陵地にたくさん植えていたらしい。もしかしたら、多賀城に赴いた役人か賦役にかり出された坂東あたりの兵士がもたらしたものかもしれないと、ついそのルーツに想像が膨らんだ。梅は大切な食料であると同時に、はるか彼方の故郷を偲ぶよすがにもなっただろうなどと埒もなく思い巡らす。

日本の詩歌において、もっとも有名な梅は、『万葉集』巻五の「梅花の歌三十二首」であろう。大宰府の大伴旅人の邸で催された梅見の宴でのものだ。梅は他の渡来植物同様、もともとは薬用であったが、上流社会の賞翫対象としてもてはやされた。『万葉集』の梅の歌はおおむね花の美しさを愛でるものであった。

わが園に梅の花散るひさかたの天より雪の流れ来るかも　大伴旅人

多くの客人を招き、当時はずいぶん珍重されたであろう梅を愛でる宴。その当主としての喜びが、〈わが園〉という出だしとなった。梅の散るさまを天よりの雪と喩える、こうした見立ての手法は、いつから用いられるようになったか私には不明だが、この歌では、実感も十分ある。酒宴の高揚感が春到来の喜びをさらに大きいものにしている。

しかし、和歌の世界での梅に対する関心は、しだいに花の色や姿より香の方へとシフトしていく。それは桜の色形への関心が広まっていくのと連動するが、梅の花そのもののイメージにも変化をもたらす。梅がしだいに夜や闇をモチーフとし始めるのも、ここに起因する。

春の夜の闇はあやなし梅の花色こそ見えね香やは隠るる　凡河内躬恒

『古今集』の梅の香の歌としてよく知られている一首。かなり理屈っぽい。しかも、通俗的な倫理観をぬぐい切れていないから、肝心の夜の梅の香が、なかなか生々しく伝わってこない。だが、この歌は、能の「東北《とうぼく》」の舞台で詠われることで、また別の普遍的な力を獲得した。「東北」は梅の精である和泉式部の霊が、供養する旅の僧の夢に現れ、生前の仏縁や色恋を語り消え去るというものだ。「軒端梅《のきばのうめ》」という名でも、夙に知られてきた。梅の精が、恋情の人和泉式部の化身という道具立てもさることながら、その舞台を東北院と呼ばれる寺院に設定した才覚に感嘆する。たぶん世阿弥であろう。東北は鬼門、この世ならざる世界の入り口だ。その闇から梅の精が現れる。そのクライマックスで舞い詠われるのが、この躬恒の歌である。歌は、異界へ誘う呪言として立ち現れるとき、その表面に見えるしたり顔は消え、むしろ旅の僧の理知と感情のせめぎ合いを伝える効果を生み始める。現れ方によって言葉はその内実さえ変化させる。

夜の梅寝《い》ねんとすれば匂ふなり　白雄

俳句でも、梅の香は盛んに詠まれてきた。芭蕉の〈梅が香にのつと日の出る山路かな〉も昇る朝日の質感が十分に感じられるが、香の濃度からいえば、闇を背景とした掲句の方に軍配が上がる。いや、これは単なる好みの問題かもしれない。何の確証もなしの、勝手な想像に過ぎないが、この句も能の「東北」を下敷きにしているのではないか。梅の香に心乱されているさまに、つい短絡してしまう。躬恒の歌の梅は紅梅とのことだから、この句も紅梅とすべきだろうが、私には白梅の方がふさわしいように思われる。これも嗜好の問題だが、いずれに受け取ろうと、万葉以来の清廉高貴な花は、かくて淫靡妖艶というもう一つの顔を詩歌の世界で確たるものにしてきた。

母の魂梅に遊んで夜は還る　桂信子

この句も、梅の匂いが発想のきっかけだろう。「母容態悪化」と前書にあり、身動きのできない病篤い母の夢想を思い描いての作と知れる。女性の視座から梅の精をとらえたもので、白雄のような性的官能の趣とはかけ離れている。しかし、病と必死に闘う眠りのうちに、かつて舞うように歩いたであろう山野をさまよう母も、それを迎える梅もろとも、エロスのはなやぎは十分にある。加えて、病に伏せる母への慈しみがいっそう深まる。千年前に、菅原道真を慕って都から大宰府まで一夜に飛んでいったのも梅の木だったが、ここでは、母の魂が、それまで生きてきた時空を夜ごと自在に飛び、そして、還ってくる。それは死の際であってはじめて可能なことなのであった。

母の死や枝の先まで梅の花　永田耕衣

その母を喪った際の句で、梅の花と枝のあり方そのものに、母の死を実感している。梅の枝は疎痩横斜《そそうおうしゃ》といって、長い風雪に曝されることで巌のような肌に独特の枝振りを見せるようになる。梅は、元々生命力が強く若木の頃は細い枝をどんどん上へ上へと伸ばす。多少切られても、むしろ、それを力とするような木だ。「梅切らぬ馬鹿」なのである。その先端にまで花を付けて作者を見つめる梅の木は、そのまま亡き母の復活の姿となる。

白梅や父に未完の日暮あり　櫂　未知子

こちらは父追慕の句。しかし、悲しみは沈潜され、むしろ父を一人の人間として見ている冷静さも感じられる。冷静である分、亡くなった直後とは別の父への思いの深まりが湛えられている。〈未完の日暮〉という時間把握に配された〈白梅〉の存在感によるだろう。ここでは花も枝も幹も、父の姿、生き方そのものと二重写しになる。

梅咲いて庭中に青鮫が来ている　金子兜太

平成二十四（二〇一二）年、「海程」の秩父俳句道場にでかけた。毎年「海程」が催している鍛錬句会で、ゲストとして参加したのだ。前にもふれたが、その前年も出席している。東日本大震災の起きた年だが、その時は、主宰の金子兜太が入院中で、残念ながら俳句の話を聞くことができなかった。今年は元気になったから鍛えてやるということで喜び勇んででかけたのだ。句会前に秩父の小鹿野町の「ようばけ」と呼ばれる所に吟行にでかけた。千五百万年前の断層が残るところで、高さ一〇〇メートル幅四〇〇メートルもある。宮沢賢治も地質調査に訪れたという場所だ。その価値もわからず、ただ大きさに感嘆しながら見上げていると、同行の一人がこのあたりも海だったと教えてくれた。こんな山奥までと驚いたが、日本列島の形成に思い至れば、そんなに意外なことではなかった。私の生地の宮城の山間でも海の貝の化石がとれた。「ようばけ」からも海生生物の化石がふんだんに発掘される。プレートテクトニクス論には疎いが、日本列島が地球の地殻変動にともなって隆起沈降を繰り返してきたことは漠然と知っている。そして、現在もまだ移動中だ。そう思った瞬間、「ようばけ」に波が打ち当たり、あたりが見る見る海原に変わる幻想にとらわれた。そして、この句が脳裏にひらめいた。秩父の山峡が海であったことは、そこに生まれ育った兜太には自明のことで、そうであれば句ができた熊谷は海の底の底。鮫ぐらい、いつでもうじゃうじゃやってくる。作者自身も庭が「海底のような青い空気に包まれていた」時の想像の景と述べている。おそらくは夜明けの梅。それを眺めているというより、むしろ感応している。梅も鮫もみなひやひやとしながら十分に生々しい。この句の不思議なダイナミズムは、そうした感応が億年という時間のスパンを超えてやってくるところから生まれてくる。

青空に触れし枝より梅ひらく　　片山由美子

東日本大地震が起こった三月十一日は東北は梅の開花の直前であった。もしかすると早咲きはすでに開花していたかもしれない。大地震後の数日は、当然ながら、そんなことは眼中になかった。しかし、蠟燭の明かりの下で、ラジオが伝える日々の死者の数におののき悲しみ、これからの生活のあれこれに絶望的になっていると、どこからか梅の香が漂ってくるのだった。我が家の近隣にも、毎年咲くのを楽しみにしている木がいくつかある。しかし、今思えば、梅の香は、たぶん、私の無意識の願望の所産に過ぎない。私の不安とやりきれなさが、咲いてほしい、匂ってほしいと切に願っていたのだ。そして、梅の精が、それに応じた。この句も、同じような待ち焦がれる心から生まれたのではないだろうか。願望が青空を梅のすぐそばまで緞帳のように降ろし、そして、その青の福音が、枝先から一輪ずつ梅の花を開かせたのである。

桃の花の下

桃の花（春）

春を迎えた喜びを、もっともはっきり知らせてくれるのは、なんと言っても草木の芽吹きや開花であろう。辛夷や猫柳はもちろん、名前すら知らなかった少年時代から惹かれていた三椏《みつまた》の花。それに梅や桜。郷里の小さな町裏の川辺に並んでいたソメイヨシノや生家の狭い裏庭に一本だけあった白梅は、今も私の、春の原点である。が、思い出したくても思い出せない花が一つある。十代初めまで暮らしたその借家と地主の家の間にあった桃の花だ。その桃の実を食べた記憶は、味や色形を含めて鮮やかなのだが、花がどうしても脳裏に浮かばない。まあ、花など気にもとめない腕白時代のことだから無理もないだろう。それでも桃の花をなんとなく知っていたような気分になるのは、たぶんサトーハチロー作詞の童謡「うれしいひなまつり」のせいだろう。それに他所の家で、たまたま垣間見た雛飾りの桃の花の造花。現実の桃の花より、歌や造花が、桃の花の印象を私の中で育んでくれたのかもしれない。十代になると、それに古典詩歌がもたらすイメージが加わった。

春の苑紅にほふ桃の花下照る道に出で立つ少女　　大伴家持

中学校の教科書だったろうか。この和歌を知ってから、乙女とは必ず桃の花の下に佇むものと私の心にインプットされてしまった。しかし、どうしても、この少女の顔が想像できない。この歌は家持が越中に伴った妻の姿を詠ったものとも、インドから唐に伝わった「樹下美人図」を下敷きにしたものとも言われている。さらには孝謙天皇の即位の祝歌という説もある。どの説に従ってもいいが、この歌から思い浮かぶのは、どこまでも陽光が満ち溢れ、花房が豊かに揺れているシーンである。しかし、肝心の少女の姿はどこか杳として定かでないのだ。ことに佇まいや顔が鮮明でない。それは、たぶん〈出で立つ〉という表現のせいだ。「出で立つ」とは、外に現れ出る、つまり、それまで籠もっていた暗がりから、すっと或る場所に出てきて、いつのまにか、そこに立っているということである。冬籠り、あるいは忌籠りしていた女性が、幽冥の底から抜け出てきたかのような印象なのだ。だから、大岡信の「少女は家持がよび出した夢の乙女ではないのか」などという感想に出会うと、思わず相槌を打ってしまう。

桃は花のみならず、実もまた再生の象徴であった。陶淵明の「桃花源記」や『古事記』のイザナキが黄泉から脱出する際に追っ手を払った桃を持ち出すまでもない。現世の人間には誰も入ることのできない無何有郷や闇の世界からのよみがえりの力として、桃の花や実が扱われている。桃の花が魔除けとして雛祭に飾られるのも、そうした呪力ゆえである。

ゆるぎなく妻は肥りぬ桃の下　石田波郷

昭和二十八（一九五三）年の作。この数年前、波郷は結核の療養所を退所している。その後、体力も徐々に回復し、仕事も多忙になった、いわば、波郷の小康時期の句である。しばらく休刊続きだった俳誌「鶴」の復刊も果たしている。清水基吉によれば、波郷も大いに置酒歓談を楽しんだ充実期であった。句集『春嵐』には、この句に並んで

妻のみが働く如し薔薇芽立つ　石田波郷

が載っている。〈桃の下〉は実景だろうが、おそらく、家持の歌を下敷きにしていよう。家持の歌の乙女は、前述したように、その妻であっても「樹下美人図」中の女性であっても、深窓の高貴な女性である点では共通している。それに対して波郷の句の妻は、実に健康的で庶民的だ。太い両足で大地を踏みしめながら、満面にほほえみを絶やさない。明るい日差しが顔中にみなぎって、そのさまが彷彿とする。〈肥りぬ〉は、健康そのまま中年期を迎えようとしている妻への賛歌であると同時に、新婚まもない頃を懐かしんでの措辞とも想像できる。〈肥りぬ〉が、新しい生命を宿している女性の姿をも想起させるからだ。そして、そう読むことで、いっそう〈桃の下〉という場が似つかわしいものとなる。武蔵野という東国の一隅で、夫とともに働き、子を成し育てる女性のエネルギッシュな姿が見えてくる。

　森川許六が「百花譜」で、「桃は、元来いやしき木ぶりにて、梅花の物好《ズキ》、風流なる気色《ケシキ》も見えず。たとへば下司《ゲス》の子の、俄に化粧《ケハイ》し、一戚《イッセキ》を着飾《キカザリ》て出たるがごとし。爛漫《ランマン》と咲みだれる中にも、首筋小耳のあたりに、産毛《ウブゲ》のふかき所ありていやし」と述べていると山本健吉の『基本季語五〇〇選』で知った。まるで、桃の咲きようを下品で詩歌に不向きと指弾している

ごとき書きぶりだが、読んで、むしろ、それでこそ俳句の花と頷いてしまった。だから、家持の歌から、私には高貴な美人の顔が思い浮かばなかったのだ。私にとって、あの歌の乙女は、田舎のどこにでもいる少女でなければならない。まだ、癒えきらない霜焼の頬の少女が、はにかみながら立っている姿であれば、私には想像できる。そして、そうした桃の花であったからこそ、波郷は、自らの妻の賛美として配し、そして〈肥りぬ〉という言葉を添えた。〈肥りぬ〉を、このように賛辞として率直に用いることができるところにも戦後という時代相が反映されている。

海女とても陸こそよけれ桃の花　　高浜虚子

傷舐めて母は全能桃の花　　茨木和生

どちらも桃の花と女性との取り合わせ。しかも、双方とも波郷の句と同様、つましい庶民としての女性が対象となっている。虚子の句には、明るく開放的な南国の女性像が、その労働の厳しさを表裏にすることで表現されている。和生の句からは、そうした女性を母として見上げる子どもの、母への十全の信頼感が湛えられている。いや、信頼感というレベルはすでに超え、この世にはもはや母以上の崇高な存在はないとさえ主張している。これも桃の花の呪力である。

双子なら同じ死顔桃の花　　照井 翠

東日本大震災で有名になった句である。作者自身は直接は大きな被災に遭わなかったが、勤務先の高校では親を亡くした教え子が多数出た。さらに、泥土の中で、数々の悲惨な現場を目の当たりにしている。

そうした背景をひとまず無視するなら、この句がどんな状況を詠んだか、それは鑑賞者の自由でいいだろう。俳句は元来、そうした時代的、時事的背景を必須要件としない次元に成り立つ文芸であるからだ。しかし、同時に、そうした背景、そして、もっと個人的な境涯や状況を支えとすることで、より広さや深さを増す。双子なら死顔が似ているのは当然と言えば当然のこと。たとえ、死期を別にしても、そう指摘することは可能だ。だが、もし別々の場所で別々の境遇を経て亡くなった二人なら、こうした感慨に及ぶことはない。これは、やはり、同じ時同じ場所で亡くなった双子としか読めない。しかも、まだ幼い。〈同じ死顔〉とは、単に顔がそっくり似ているということだけではなく、生まれた瞬間から死ぬ瞬間まで過ごしてきた時間、そして、その間の喜びも悲しみも死の間際の苦しみも同じだったことを暗示している。

季語〈桃の花〉の働きは、もう述べる必要もない。ただ、このような悲しみと祈りに満ちた桃の花は、これまで表現されることがなかったものだとだけは指摘しておきたい。この句の桃の花の背後にも、桃の節句の雛壇や例の童謡の世界が広がっている。

かつて福田甲子雄《きねお》や廣瀬直人から、山梨の桃の花の美しさを伺ったことがある。その時必ずといっていいくらい加わるのは、その背後に聳《そび》える雪嶺の輝きと真冬の寒さであった。桃の花は、花を咲かせる自然の厳しさを背景とすることで、いっそう美しさと再生の魔力を湛えるものであるようだ。さて、放射能災禍で今も苦しむ福島の桃の花は、はたして、今後どんな姿を見せてくれるのであろうか。

蚕飼の世の終焉

蚕（春）

蚕について書くのは実は自信がない。養蚕を身近にした体験がないからである。長じてから、その現場を目にしたことは確かにある。しかし、それは観光用のものばかりで、かつて農家の生業として行われていたものではない。私が少年であった昭和三十年代は宮城県でも養蚕はまだ盛んに営まれていた。昭和五十年代でも県内に三千戸以上の養蚕農家が残っていたとの記録もある。実際、桑畑は、宮城と岩手の県境にある生地の山間でも、まだあちこちに残っていたし、中学生だった頃、農家の友人に促されて桑の実をおそるおそる口に入れてみたことも記憶している。しかし、言ってみれば、その程度の体験しかないのであった。

高嶺星蚕飼の村は寝しづまり　水原秋桜子

だから、蚕飼《こがい》のイメージは、おおむね詩歌の世界を身近な山村に重ね合わせたところに形成されるといった具合で、十代の私にとって、この句の鑑賞もその範囲を出るものではなかった。これは若き旅人としての作者の眼がとらえた蚕飼の情景である。当時、千木良《ちぎら》村と呼ばれた現在の相模原市緑区北部の山間で、この句は生まれた。大正末の作だが、その村には機屋も蚕養の家もあったと『自選自解水原秋桜子句集』で述べている。ただし、「あの辺には高嶺というほどの山はないし、それに夜の景は知らぬから、空想作ともいえるが、一方にはまた一概に空想と片付けることの出来ない実感もこもっている」と、「自然の真」と「芸術上の真」を峻別した作者らしく率直に付け加えてもいる。確かにリアリティも十分感じられる。同時に、俳句創作というものの面白さや秘密も窺い知ることができる。さらに〈高嶺星〉という造語の働きも加わって、人々が眠りに入った村の静けさが一句全体から潮が満ちるように伝わる。その叙情の新鮮さと豊かさが、この句の魅力であろう。だが、今読むと、十代には気づかなかった、眠れる村の眠らぬ蚕の桑を食べる一途の音や、つらい蚕飼の果ての、農民の深い寝息も聞こえてきて、この〈寝しづまり〉が、しだいに悲哀を濃くしてくる。

繭売つて骨身のゆるむ夫婦かな　飯田蛇笏

養蚕を身近にしていた人の句である。当事者として日常に蚕飼と接していなければ、この〈骨身〉の緩みは発見できない。掃き立てから上蔟《じょうぞく》、そして収繭《しゅうけん》。その間の桑摘み、桑の管理と厳しい重労働の果てに、やっとなにがしかの現金を得ることができるのである。その安堵の思いが、「かな」の詠嘆のすべてである。

しかし、養蚕の歴史が生んだあまたの出来事の中で、やはり記憶に刻まれるべきは、近代国家の富国強兵策を表裏とした、数知れない糸引き娘たちの悲劇であろう。少女たちが引いた生糸がもたらした貿易収入は、そのまま軍艦の購入資金になって消えた。山本茂実の『あゝ野麦峠』に詳しいが、無名の犠牲の上に国家が成り立っているという図式は、現代もまだ続いている厳然たる事実でもある。

蚕の匂ひ死病の人を見てあれば　　相馬遷子

長野県佐久市で医業を営んでいた相馬遷子の句。作者が医師であることを前提にしなくとも、この〈見て〉には、ある種の冷徹さが感じられる。それは、そばで横たわっている人を死病と判別していることにもよる。冷徹と言って語弊があるなら、感情を超えたまなざしで死と相対している厳しさと言えばよいだろうか。その場に、どこからか蚕の匂いがしてきた。蚕飼の家であろうから、そばに蚕室があって、そこから桑の匂いと相まった蚕の匂いが漂ってくる。横たわる人の体から、蚕の匂いがしてくると解することもできる。蚕飼に生きた人なら、その匂いが身に染みついているからだ。しかし、どちらも肯《うべな》いながら、私には、この蚕の匂いは、繭となって煮られる蛹の、独特の異臭のように感じられる。平成二十五（二〇一三）年の夏訪ねた、ベトナムの観光用のシルク工場でのことだが、繭を紡ぐところや生糸を練るところなど、さまざまな工程を演出してくれているのに出会った。そこで嗅いだ生臭さを伴った言いようのない独特の匂いを思い出した。作者も、そうした匂い、いや、もっと強烈で濃密な匂いを嗅いできただろう。蛹は炒って食べたりもしたそうだから、その時の匂いかもしれない。いずれにせよ、そうした蛹の匂いが、死期が迫った人間の体の周りに漂ってきた。どこから漂ってきたのか。それは自分自身や死病と闘っている人の記憶の中からである。そして、作者は、その匂いを、なすすべもなく見つめるしかない自分を責めるものと受け止めていたのではないだろうか。態度の冷徹さは、作者の医師としての呵責の思いの裏返しなのである。
佐藤鬼房に「繭籠る」という言葉を教えてもらったことがある。「いい言葉だねえ。でも、俳句に使いづらくてねえ」とつぶやいていたのを覚えている。どこがどのように使いにくいか、その時は訳もわからず、ただ相槌を打っていた。程なく雑誌に発表されたのが、

繭ごもるものよ栖山淑気満つ　　佐藤鬼房

であった。使いづらい理由はおそらく二つにあった。一つは「繭籠る」という言葉に付随する季節感である。養蚕では、春蚕でも夏蚕でもあるいは秋蚕であっても、その時節時節の暑い日差しが、背後に差してくる。しかし、自然界の例えば山繭では、冬でなければならない。もう一つは、『万葉集』巻十二の次の歌などに端を発する、和歌における、この言葉の表れ方にある。

たらちねの母が養《か》ふ蚕《こ》の繭隠《まよごも》りいぶせくもあるか妹《いも》に逢はずして　　作者不詳

〈繭隠り〉は「繭籠り」と同意と解してよかろうが、実際に繭に籠もっている蚕の姿よりも、隠れ住む少女やその少女に恋する鬱屈した心持ちを託した言葉として認知されてきた。そして、それが普遍化して、一般的にも深窓の少女の姿や心理を表すものとして用いられてきたのである。しかし、鬼房は、この言葉から恋情の世界を払拭し、本来の意味を復権させたのだ。それ

は、春を待つ、すべての生き物に通ずる「繭籠る」思いである。「使いづらい」という物言いは、そうした意図から発せられたのではなかったかと今になって思い当たる。この句を読むたび、私は森敦の『月山』の和紙の蚊帳を思い出す。主人公が古寺で厳しい冬を越すために障子紙や古い祈禱帳で作った囲いのことだが、そこで繭の中の蛹のように一冬暮らすのである。まさに繭籠りそのもの。この句は、榾山に繭となり越冬する小さな数知れぬ命を思ってのものだが、それらの繭の中でも、やはり、蛹は『月山』の主人公同様に「天の夢」を見ているのだろうと想像する。〈繭ごもるものよ〉という呼びかけに、来るべき時への期待がびっしりと充塡されている。

朝日煙る手中の蚕妻に示す　金子兜太

この句は『万葉集』で培われた恋のイメージを踏まえながら、かつ鬼房の句に通ずる未来志向の生命感を溢れさせている。新婚翌日の句だ。秩父も養蚕が盛んで、農家ではすでに、その仕事が始まっていた四月のこと。手渡される蚕は、二人が育む未知の歳月の象徴であり、その土地の歴史そのものである。

日本の養蚕の歴史は古い。よく知られているのは、『古事記』のオオゲツヒメの話だろう。スサノオの怒りを買い、斬り殺された体から五穀とともに蚕が生まれ出たという穀物起源逸話だ。特筆すべきは、他が重要な食糧ばかりであることと、蚕が生まれた場所が頭で、しかも初めに記されていることだ。蚕がいかに特別視されていたかがわかる。蚕飼は弥生時代あたりにはすでに日本に伝わっていたという。蚕蛾は有史以来、人間の文化とともに生きてきた昆虫。そのせいもあって、蚕蛾は野生回帰能力を失っている。成虫となっても体が大きい割に翅が小さく、しかも飛翔のための筋肉が退化していて飛ぶことができない。つまり、自然の中では生きていけないのだ。産卵数の多い雌を選び交配を繰り返し、人間に都合がよいように作り替えてきた結果であるらしい。

ひとつづつ冷たく重く蚕かな　長谷川　櫂

そういう目線から、この句を読むと、蚕の悲しみがいっそう深まってくる。おそらく桑を十分に食べ、脱皮を繰り返し上蔟するばかりになった蚕か、もしくは蔟《まぶし》に入っている蚕であろう。熟蚕になると体がしだいに透き通ってくる。成熟して、どれも重たげだが、どれもみな憐れなのである。そう感じるのは、成虫となっても、この世に出ることの決してない蚕の悲運の姿を思うからかもしれない。

夜の雨ひびき蚕飼の世は去りし　飯田龍太

それにしても、わずかばかりの例外を別にすれば、かつて日本のどこにでも見られた蚕飼はすっかり姿を消してしまった。それは繊維生産技術の進歩の上で避けることができない現実ではあったが、同時にかけがえのない精神文化の多くをも置き去りにしてきた。半世紀ほど前に遠野へ昔話採集に出向いたことがある。農家のどの家にも蚕の神オシラサマが祀ってあった。

とある家で老女がわざわざ神棚から取り出し、オシラ遊びを演じてくれた。祭文の声が今でも耳に残っているが、オシラ遊びは一年の吉兆を占う神寄せの行事。来るべき未来へ捧げる敬虔な祈りである。こうして受け継がれてきた言葉を信じ、そこにささやかな幸せを待ち願う姿勢そのものも、われわれは喪ってきたのではないか。蚕が桑を食べる音は、まるで雨が激しく降るようだという。かつては実際の雨音と競うように聞こえた時もあっただろう。今はただ雨の音が静かに聞こえるのみ。この句には二千年の蚕飼の歴史、その終焉の悼みが隅々にまで満ちている。

春雪三日

春雪（春）

春の雪と聞いて、真っ先に思い出すのは、祖母の葬式の日の雪である。祖母は私が三十歳の折、八十九歳で亡くなっている。肺を病んで長く患っていたが、老衰も加わっての死であった。三月五日が命日である。祖母は貧農の出で、恵まれない一生を送った人だった。最期が最愛の義理の息子の腕の中だったのは、せめてもの幸運と言っていいのかもしれない。祖母は十代で飢饉の口減らしのために小樽へ働きに出された。女郎として買われて行ったのだ。数年後、病を得て郷里に戻り、程なくして私の祖父の後妻に入った。女中、子守代わりである。父が十五歳の折、祖父は借財ばかり残して亡くなり、その後は義理の息子との二人暮しが続いた。その寂しく貧しい家庭に嫁が来て、長男である私が生まれた。子を産んだことのない祖母は、母をさしおいて初孫の私を眼に入れても痛くないほど可愛がった。祖母が亡くなってからの母の話が祖母に及ぶとき、何とも言えない棘を感じることがあるのは、こうした経緯のせいもあるだろう。実際、私の幼年の記憶には、母以上に祖母が多く登場する。

祖母の葬式の日は珍しい春の大雪であった。前夜から降りしきり、朝には三十センチ近く積もっていたと記憶している。葬式では年長の孫として私は骨壺を抱いた。火葬場から家に戻った際も、納骨の際も祖母の骨は私の胸にあった。その間も雪は降り続いたが、葬列の足跡は雪に黒く滲んで残った。骨壺の温みが昨日のことのようによみがえってくる。

山本健吉の『基本季語五〇〇選』の「淡雪《あはゆき》」の項に拠れば、春の雪には牡丹雪、綿雪、かたびら雪、たびら雪、だんびら雪などという呼び方があるという。淡雪にも沫雪、泡雪という表記がある。それらは歴史的かなづかいが「アワユキ」で、うたかたのような柔らかい雪を指し「淡雪」のように消えやすい雪という意味ではないと記されている。いつ頃から沫雪が淡雪に変化したか、私には不明だが、少なくとも『万葉集』の時代は「アワユキ」の方が一般的であったようだ。沫雪、泡雪は、もともと冬の雪のことで、春として用いられるようになったのは『新古今集』の頃かららしい。俳諧の時代になって、はっきり春となったようだ。支考の『古今抄』以降か、と健吉は指摘している。春の雪だから、すぐ消えるわけだが、それでも沫や泡という言葉には、ふっくらとした量感が残る。これは、これらの文字の意味やイメージによるのだが、和歌として使われてきた長い歴史のせいもある。祖母の葬儀の際の雪は、沫雪であって淡雪ではなかった。

綿雪という言い方もあるが、これは綿をちぎったような大きな雪片のこと。気温が上がってから降る雪は、結晶が融けかかっているため、たがいに密着し合って大きな雪片となる。それが綿雪である。かたびら雪、だんびら雪はそれぞれ帷子《かたびら》や刀のように薄い雪片ということである。

春雪三日祭の如く過ぎにけり　石田波郷

この句の春雪も沫雪であろう。なにしろ三日も降り続いたのだ。昭和四十二（一九六七）年、清瀬の東京病院の入退院を繰り返しながら病と闘っていた波郷晩年の作である。低肺のため翌年には気管の切開手術を受けている。この句だけ取り上げるなら、雪の中にも春を迎えた喜びを祭に託して詠ったと受け止める方が自然だ。波郷は元々向日性の人であった。しかし、句集『酒中花』の闘病句中の一句として読むとき、この祭は、終わった後のはかなさの方にウェイトが大きくのしかかってくる。〈過ぎにけり〉という詠嘆に、春の雪の華やぎ以上に短かった作者自身の人生の時間そのものへの感懐が滲んでいる。

飲食はいやしきがよし牡丹雪　岸田稚魚

牡丹雪を眺めながらの句であろう。牡丹餅も牡丹雪も形状からできた言葉で、互いに連想が働くが、それが、この句の発想にあると判断するのは安易だろう。ただし、牡丹雪が空腹感を誘うというのは不自然ではない。小米雪という言葉もあるように雪にはもともと米のイメージがついてまわる。これは以前にも述べた。

一枚の餅のごとくに雪残る　川端茅舎

はむろん形状からの発想だが、食欲ともどこか結びついている。かつて春到来のもっとも大きな喜びの一つは飢えからの解放であった。「春窮」という季語通り、春になっても困窮は続く。しかし、木の芽や山菜が、わずかながら飢えを凌いでくれる。飢えが日本では今や遠い時代となったのも事実だが、稚魚の句といい、茅舎の句といい、そうした庶民の営々とした記憶の上に成り立っている。稚魚の句は「むさぼり食う」ことが飲食本来のあり方だと飽食の現代に教えてくれてもいる。

淡雪や山にみひらく鰈の目　　斎藤　玄

この句は、食われる側の鰈に心を寄せたもの。作者は北海道函館の人。山が迫った魚市場での寸景であろう。鰈は他の魚と違って非対称の扁平の体をしている。さらに「左ヒラメに右カレイ」という慣用句通り眼は右の頭部に二つ偏って付いている。砂地を這っていたときは、その眼を砂から覗かせ、上を通過する小さなカニやエビ、イソメの類を捕食して生きてきた。人間に捕らえられ死ぬ間際になって初めて山を眼にする。死へ向かう鰈を凝視する作者の姿も彷彿する。鰈を慰藉するがごとく降る春の雪には、やはり〈淡雪〉という表記がふさわしい。やがて訪れる陽の光を孕んでいる分、死にゆく魚の眼との対比が鮮明この上ない。

春雪や金閣金を恣《ほしいまま》　　松根東洋城

春の雪に限らず、万象の美は、生ずる時と消える時との交差にこそもっともよく現れる。その刹那、万象が息づき始める。春の雪は、金閣のように仏の無限世界を荘厳《しょうごん》化する一端をも請け負う。金閣寺といえば三島由紀夫の小説を誰もが想起しようが、あれは美に取りつかれた男が、その永遠化のために美そのものをこの世から消し去ろうとする筋書きであった。金閣寺とともに主人公もこの世から消え去るべきだったろうが、そうしなかったところに作者自身のクレバスが見えている。この句の魅力は、今という瞬間を華やぎながら瞬時に消える春の雪と、金によって永遠を託された金閣との美の競演といえるのではないか。私も雪の金閣寺を訪れたことが一度だけある。

可惜夜《あたらよ》の桜かくしとなりにけり　齊藤美規

作者は新潟県糸魚川に生まれ、そこで亡くなった。雪国に生涯を過ごした人である。ネットの数年前の降雪情報では日本一の積雪量は新潟県糸魚川市のシャルマン火打スキー場で六メートルに達したものが該当するとある。だが、この句の雪は当地ではなく、たまたまテレビで見た上野公園の四月の雪だと『自解150句選』にある。昭和六十三(一九八八)年のことだ。「桜隠し」は咲いた桜を隠す雪のことである。この言葉も、句ができる直前に知ったと正直に述べている。「桜隠し」は新潟県の東蒲原あたりの言葉で旧暦三月に降る雪を指す。「可惜夜」は『万葉集』や『後撰和歌集』に用例がある、「夜が明けるのが惜しい、すばらしい夜」との意だ。方言と雅語との異質の取り合わせが、春の幻想的な一夜を生んだ。私も「桜隠し」に何度か出会ったことがある。上野でも出会った。大震災翌々年の四月下旬は宮城県の平野は六十六年ぶりという大雪であった。珍しく朝早く起きた私は、近くの堤防にでかけて雪に覆われた満開の桜に目を細めた。雪帽子を被った桜の房が眠たげに揺れていた。自然は、ときにこの世のものとは思えない景色を繰り広げてくれる。

春の雪桜色して降りにけん　高橋睦郎

ごく自然に雪の色を言い当てているようで、なかなか手強い。桜の色とは雪の色がのりうつったものだと納得させてくれる荒技を駆使している。桜の色とは天の上からやってくるのだ。しかし、同じ春の雪でも平成二十三（二〇一一）年三月十一日の春の雪は何とも言いようのない怖れや悲しみの中を舞い続けた。これまでも機会あるたびに記してきたが、当日、私は仙台駅の地下街の飲食店にいた。大地震の長く激しい揺れがおさまったあと、九死に一生を得た思いで仙台駅の広場に出たが、まもなく余震に怯えている群衆の頭上に雪が舞い始めたのであった。神の戒めなのか、悲しみなのか、その美しさは言葉では言い表しようがなかった。

喪へぼうしなふほどに降る雪よ　照井 翠

同じ頃、岩手県の釜石で地震に遭遇した照井翠の句である。作者は、これは被災当日詠んだものではないという。避難所生活の明け暮れに何度も降り続く春の雪を見て、できた句だそうだ。雪は、春のそれとは限定されていないけれども、やはり、誕生と消滅、光と闇、未来と過去、その狭間にあって、相矛盾する生の姿の体現として降っている。絶望感を深くしながらも、どこかに絶望の次に来るべきものを胚胎している。

黒板にDo your bestぼたん雪　　神野紗希

卒業式のあと、教室の黒板に残された寄せ書きの一部であろう。牡丹雪は窓の外に降っているのだが、黒板を見つめる作者には「Do your best」と書かれたその黒板の中にも降りしきっているように感じられた。牡丹雪は、ここでも、二度と訪れない豊饒の時間を慈しむとともに、輝かしい無限の未来を指し示すものとして詠われている。私が中学卒業時に記念に恩師や友人らに書いてもらったサイン帳にも、英語教師が「Do your best」と記している。

遠田の蛙

蛙（春）

日本の詩歌で親しまれてきた生き物は数え切れない。昆虫類なら蝶、蛍、蟋蟀《こおろぎ》。鳥類であれば鶯、時鳥《ほととぎす》、雁。燕を挙げる人もいよう。しかし、両生類の蛙こそ同類の中ではもちろんのこと、ありとあらゆる生き物の中でもっとも親しまれてきたと断言したい。よく知られた『古今集』の仮名序にも次のような記述がある。

やまとうたは、人の心を種として、よろづの言の葉とぞなれりける。（中略）花に鳴く鶯、水に住むかはづの声を聞けば、生きとし生けるもの、いづれか歌をよまざりける。

蛙がなぜそれほど好まれてきたか。理由はさまざま考えられるが、この序にもあるように、まず、その声の美しさを挙げることができる。

かはづ鳴く井手の山吹散りにけり花のさかりにあはましものを　作者不詳

同じ『古今集』の歌。この蛙は河鹿《かじか》である。妻を呼ぶ鹿の悲しげな声に似ているから、この名がついた。『万葉集』にも作例があるが、平安時代になると、それに山吹が配され「井手の蛙」として特定化されるようになった。橘諸兄《たちばなのもろえ》が最初の仕掛人らしいが、『伊勢物語』にも登場し、さらには鴨長明《かものちようめい》が『無名抄』で「ただこの井手川にのみ侍るなり」と断定するに及んで決定的になった。こうした美意識の固定化は蛙に限ったことではない。いわば、日本の詩歌にあっては、このようにイメージや条件が限定化され典型化されることで美意識自体が磨かれ普遍化してきた。では普通の蛙は詠われなかったかというと、そうではない。片桐洋一は著書『歌枕歌ことば辞典』で『伊勢物語』の、

よひごとにかはづのあまた鳴く田には水こそまされ雨は降らねど　（『伊勢物語』）

を紹介し、ここでは「田の蛙」であり河鹿ではなかろうとして、王朝文学でも、普通の蛙を「かはづ」と呼ぶことがあったと指摘している。稀な例ではあろう。蛙は河鹿の声をその趣として、植物なら桜に並ぶ美の象徴として詠い継がれてきた。そして、俳句は、そうした特定化された情趣を前提とし、その価値観を逆転あるいは更新するところに詩を見出してきた。和歌の美意識の反措定を存在意義としてきたともいえようか。

古池や蛙飛びこむ水の音　芭蕉

多くの識者が指摘していることだが、この句は、蛙とは声によってではなく姿によってこそ語られるべきだとの発想の一大転換がなされている。つまり、見えないものから見えるものへと、存在のあり方が変わった瞬間であった。同じことは、他の詩歌に詠われてきた代表的な生

き物にも敷衍することができるのではないか。鶯も烏も、芭蕉によって姿をはっきりと現し、俳句の世界の住人となった。雁も螽蟖《きりぎりす》もそうだ。鹿や猿にもいえるかもしれない。さらには、例えば蟋蟀を地べたを這って生きる人間の化身であるかのように捉えた山口誓子の〈蟋蟀が深き地中を覗き込む〉など現代俳句の成果にも通じることではないか。その蛙の姿態が鮮明に描かれているのが、

痩蛙まけるな一茶是に有り　　一茶

であろう。この句は、小野道風《おののとうふう》の柳に飛びつく蛙の逸話と混同されて、つい非力ながらもストイックかつ健気な蛙の姿を思い描いてしまうのが通例だ。だが、実はもっと生臭い。一茶の『七番日記』の文化七年八月条と同十三年条には「蛙たゝかひ見にまかる／四月廿日也けり」と前書がある。「蛙たゝかひ」とは「蛙合戦」とか「蛙軍」とも呼ばれる、雄蛙の繁殖期の行動のことである。繁殖期には多くの蛙が池や田んぼに集まり産卵行動をとるが、通常は雄の方が雌よりも三倍ほど多く、雄同士が雌を争い大騒ぎになる。かつては、その様子をわざわざ見物にでかける人もいたらしい。今よりも闇も蛙の生息密度もかなり濃い時代のことである。だから、この句は孤独をかこつ作者が、同じような立場の蛙を生真面目に応援しているといった体のものではない。むしろ、蛙の子孫繁栄のために雌を我こそ獲得しようとのたくましさを重々承知した上で、同情半分に声を掛けているといったところなのである。そして、その庶民感覚にこそ、この句の魅力がある。〈一茶是に有り〉は、反骨の深刻や憐憫の大人ぶりという

よりも、素朴な生命賛歌から発せられた言葉なのだ。蛙は庶民の姿なのである。

この句は、一茶が長野に帰っての作との説もある。だが、矢羽勝幸は、湯本希杖《ゆもときじょう》本『一茶句集』に「むさしの国竹の塚といふに蛙たたかひありけるに見にまかる、四月二十日なりけり」との前書があることを踏まえ、東京都足立区竹ノ塚の炎天寺で詠まれたのは明らかと『日本名句集成』で指摘している。蛇足ながら、炎天寺は「一茶まつり」と称して毎年全国から十万句以上の子供の俳句を集めて子どもの俳句大会を長年催している。


青蛙おのれもペンキぬりたてか　芥川龍之介

〈青蛙〉は雨蛙のことだが、ここでは蛙の姿だけでなく、その色まではっきり目に見えてくる。この句が生まれたのは大正七（一九一八）年。ペンキが日本に伝わったのは幕末、家庭用ペンキができたのは明治末で、銭湯のペンキ絵の始まりは大正元（一九一二）年という。東京神田の「キカイ湯」という銭湯らしい。〈ペンキぬりたて〉という言葉は、当時も人口に膾炙されていただろうが、まだまだ斬新な耳慣れない響きが残っていたはずである。それを踏まえて、古来なじみの蛙の色が新しい文明の象徴の一つであるペンキの色だという発見に、この句はおかしみを見出している。

龍之介は「蛙」という短編を、この句ができる一年前に書いている。その中で、ある意気軒昂な蛙が他の蛙の前で、世界のすべては蛙のために存在すると主張する場面がある。ところが、その蛙は突如現れた蛇に呑まれる。すると別の年寄の蛙が、もし蛇が我々蛙を喰わなかったら沼は蛙だらけになる。だから食べた「蛇も我々蛙の為にある。世界のありとあらゆる物は、悉《ことごとく》蛙の為にあるのだ」と語る。寓話だが、これを踏まえると、このペンキを塗られた青蛙は、文明という色を塗られて本来の生き物としての姿をなくしてしまった現代の人間そのものの気がしてきてならない。人間も地球をはじめ世界のすべては自分たちのためにだけあると勘違いしている。〈おのれも〉の「も」は、そういう意味なのではないか。

ともあれ、蛙が親しまれる一つに、その姿や表情が人間をどこか彷彿させるところにある。本領である鳴き声も同じだ。蛙の声は、歌謡、童謡など幅広く親しまれているが、屈指すべきは、やはり、草野心平の蛙の詩だろう。『定本蛙』には、人間の言葉以上に多様多彩な蛙語があふれている。それは心平の子供時代の蛙の蘇りではなかったか。

蛙は、かつて何より身近な子供の遊び相手であった。私も蛙釣りに興じた記憶がある。しまいにはいじめ尽くして殺してしまう。死んだ蛙は当時、カエルッパと呼んでいたオオバコの葉に載せておくと蘇る、そう教わって、よく、まじないの片言とともに試してみた。もちろん生き返ったことは一度もなかった。ただ、この俗信は何の根拠もない戯言に過ぎないとはいえないようだ。オオバコは、漢方薬学では車前子《しやぜんし》、健胃、利尿に用いる。その薬効やどこにでもはびこるたくましい繁殖力に命の蘇生力を感じていたところから生まれた。『蜻蛉日記』にも、この俗信を踏まえた歌が載っている。

蛙の目越えて漣又さゞなみ

川端茅舎

この句は水に浮かんでいる蛙を詠ったもの。では作者はどこで蛙を見ているのだろうか。池や沼の蛙を俯瞰していたのでは、蛙の目を越す漣は見えてこない。見えるのはただ一か所。それは蛙と同じように、いや蛙そのものになってといった方が正しい。池に浮かんでいる場合である。作者も蛙になっている。

昼蛙どの畦のどこ曲らうか　石川桂郎

俳句における蛙は、芭蕉によって声から姿へと視点が変わったと述べた。それは一大変革ではあったが、やはり蛙の本質は声にある。そして、俳句では河鹿よりもむしろ親しみやすい田んぼの蛙の声をモチーフとして多くの佳句が生まれ継がれてきた。この句からは、昼の蛙の声ののどけさとそれ故にこその、作者の困惑の深さが伝わってくる。畦はそのまま自分の生きる道筋。窮乏の果て、たどる道であった。

蛙の夜どこへも行かぬ父と寝よ　鷹羽狩行

何か事情があって子供と離れていたのである。さまざまな状況が想像できる。実際は「帰国　二句」と前書のあるうちの一句で、サラリーマンであった作者が海外視察の一員として渡米し帰国した折である。父親としての作者の微笑が寝室の闇の中にはっきりと浮かび上がってくる。私はこの句を口ずさむたびに、

死に近き母に添寝《そひね》のしんしんと遠田《とほだ》のかはづ天《てん》に聞《きこ》ゆる

斎藤茂吉

という歌を反射的に思い出す。状況はともに添い寝だが、再会と永別、慈愛と痛哭と正反対なのだ。しかし、ともに夜蛙の声が地上の聖歌となって星空を埋め尽くさんばかりに響き渡ってくる。

夏草の変転

夏草（夏）

私の故郷である栗原市は、宮城県と岩手県の境に位置する。生まれた当時は岩ヶ崎町という名であった。仙台平野のどんづまりで、西に栗駒山を頂き、周りを田圃に囲まれた、どこにでもありそうな小さな町だ。宮城県なので、子供心には中心地は仙台とばかり思い込んでいたが、大人の意識は、どうも、そうではなかったようだ。むしろ岩手県の一関市の方に親しみを持っていたのではなかったか。実際、一関は仙台よりはるかに近い。正月用の買い出しとなると大人たちの多くは、山一つ越えた一関に赴いた。歴史や風土に、もともと共通したものがあったのである。栗原市には、今でも多くの坂上田村麻呂伝説や前九年後三年役《ぜんくねんごさんねんえき》の源頼義・義家ゆかりの遺構が残っている。言わば、アテルイや平泉藤原氏が築いた文化圏の範疇だったわけだ。

十代の頃は、そんなことにこだわりはなかったが、それでも平泉はなんとも親しみの持てる場所であった。小学校のバスでの遠足も平泉だったし、中学になると当時流行ったサイクリングで仲間と出かけたこともある。高校生や大学生時代の元朝参りと言えば中尊寺が定番であった。毛越寺《もうつうじ》にも何度かでかけたが、高館《たかだち》に足を運んだことはなかった。高館に初めて上ったのは『おくのほそ道』に関心を深めた四十代を過ぎてからである。

夏草や兵《つはもの》どもが夢の跡　芭蕉

高館の義経堂《ぎけいどう》は、一六八三年に伊達綱村《だてつなむら》が建立したもので、元々は藤原秀衡《ふじわらのひでひら》の岳父で陸奥守だった藤原基成《ふじわらのもとなり》の館、衣川館《ころもがわのたち》があったところだ。芭蕉が訪れた頃には、完成して七年目のまだ新しい義経堂であった。しかし、芭蕉の眼中にあるのは、その堂宇ではない。生い茂る夏草でもない。『おくのほそ道』本文に「さても、義臣すぐつてこの城にこもり、功名一時の叢《くさむら》となる」とあるので、つい、夏草が、そのまま〈夢の跡〉であると受け取りがちだが、それは直接的過ぎる鑑賞ではないか。また、〈夏草〉と〈夢の跡〉が別々に存在しているのでもない。〈夏草や〉の「や」の働きに忠実に読むなら、それら眼前の事物現象の彼方にある時間そのものが〈夏草〉となっていると読むべきであろう。そして、その時間自体を今、夏草が覆っているのである。〈夢の跡〉はまず芭蕉自身の心にこそ存在していたのだ。ついでに記すのだが、

五月雨の降り残してや光堂　芭蕉

も、けっして燦然と輝く光堂を目にしての作ではない。

芭蕉が目にした光堂は傷みが激しく金箔はかなりくすんでいたと想像できる。鎌倉時代に鞘堂が建てられたとはいえ、なにしろ百五十年以上も雨ざらしになっていたのだ。芭蕉が訪れたのは、その四百年後である。『おくのほそ道』に「甍を覆ひて風雨を凌ぎ」とある。覆堂は当

時の技術としては最善を尽くしたもので風雨はそれなりに防いだであろうが、風化は進んでいたにちがいない。「さみだれのあまだれ」でも触れたが、私も十代の頃、旧鞘堂に入ったままの光堂に何度かまみえている。そのたび「これが金色堂なのか」という素朴な疑心がいつも沸き上がった。それくらいに古びた堂宇だったのである。〈光堂〉は芭蕉の時間の彼方を見つめる詩のまなざしの向こうに輝いていたということになる。

ところで、この句の「夏草」は、もともとは和歌の枕詞であった。

かれはてむのちをば知らで夏草の深くも人の思ほゆるかな　　凡河内躬恒

などを例として挙げることができる。恋のモチーフを伴う。ここでは〈深く〉に掛かり、恋心そのものを表している。「枯れ」の縁語でもある。だが、リズムを整えるのみならず、言葉の元のイメージを十分併せ持っていたと解していいだろう。いくら刈っても、いつのまにか地上を覆う、その生命力に恋心を重ねた。芭蕉の句の〈夏草〉も、その枕詞としての茂る力を踏まえてはいる。しかし、男女の恋のイメージは質を変え、代わりに戦乱に命を絶った兵士の悲嘆とその鎮魂という歴史的時空を湛えることになった。

この句によって五百年前の悲劇が平泉に蘇った。そして同時に新しい詩の言葉として「夏草」も蘇ったのである。季語はもちろん、詩を形成する重要な言葉とは、このように、いくたびも詩人の手によって用いられ更新されることで、今を生きる言葉に再生する。「夏草」が、さらなる変貌を大きく遂げるのは、昭和に入ってからである。

夏草に汽罐車の車輪来て止る

山口誓子

昭和八（一九三三）年の作。『自選自解山口誓子句集』では、この句は大阪駅の構内のはずれで詠まれたもので、「駅がまだ地上にあったとき」とわざわざ指摘している。大阪駅が踏切除去を目的に高架化されたのは翌年の九年のことだが、おそらく、そうした事実だけでなく、地面を走る〈汽罐車〉に対する視線の位置を強調したかったのだろう。

さらに自解を読んで興味深かったのは、誓子が「汽罐車」と「機関車」を区別していることである。「汽罐車」は、「字の感じから云って小形のキカンシャを想像」し、自分が見たのはもっと大きかったので「機関車」と言うべきだったと述懐している。確かボイラーには狭火室と広火室と二種類あったはずだから、それで表記を使い分けていたのだろうか。戦後生まれの「機関車」表記だけで育った私には、〈汽罐車〉の古めかしい表記の方が、いかにも重々しく感じ、この句では「機関車」はスマート過ぎると思っていたので意外であった。

この句の眼目は、なんと言っても映像のインパクトにある。〈汽罐車〉が夏草の前で止まったのではない。〈汽罐車の車輪〉が止まったのである。まず〈汽罐車〉の大きな体が画面の外から現れてきて、車輪が大写しとなり、それが画面の真ん中で止まる。まるでスローモーション映像を見ているようなゆったり感がある。それは中七が八音になっているせいである。その緩やかな音数が、この映像の動きと一致しているのだ。アメリカのD・W・グリフィスという映画監督が編み出したクローズアップという手法が日本の映画界でも注目され普及したのが昭和初期だから、この句に、その影響があったのかもしれない。車輪と夏草という二物の配合も新鮮だが、こうした映像の切り取り方も、また新しかったということである。

それに、さらに「夏草」という季語にも新味が加わった。「夏草」から恋や回想に関わる情趣をいっさい排除したことによる。この句の夏草は、山野に生い茂るそれではない。鉄路に敷かれた砕石という過酷な状況を物ともせず伸びてきた夏草である。それが〈汽罐車の車輪〉に拮抗しながら生い茂っている外来種だろう。近代文明に対峙する植物の生命力としての夏草が表現されている。

夏草に糞まるここに家たてんか　　佐藤鬼房

鬼房は昭和二十一（一九四六）年、病院船に乗って復員してきた。同年、結婚、そして、身重の妻と母を抱えながら小さな家を建てた。その時の句だ。〈ここ〉とは何処か。それは〈糞まる〉という動物的生理現象によって主張されている、言わば自らのテリトリーとしての夏草である。夏草に仮託された風土と言ってもいいだろう。鬼房は、この句に触れて、芭蕉同様の「喪われたものに対する強い感情」があるとも述べていた。敗戦後の多くの人がかこっていた日本的な精神風土そのものの喪失感と、その回復を願う感情である。

ただし、この〈夏草〉にも、芭蕉のような回想装置としての働きはない。あるのは炎熱の下、固い地表を食い破るように吹き出し、ひたすらに、今という瞬間と場に執着して生きる生命体としての〈夏草〉である。そこに、誓子の近代を意識した夏草とはまた別の風土的夏草の姿を受け止めることができる。

夏草となるまでわたしは死なぬ　宇多喜代子

この〈夏草〉は、鬼房の〈夏草〉とまた別の姿を見せている。それは、この句の夏草が、死後の姿として語られているからだ。死後、土に還るとは、日本に限らぬ古来からの死の考え方である。土に還ることが、そのまま転生へつながる。土葬が一般的であった頃、私の郷里では土饅頭の上に一本の笹竹を立てた。そして、墓参のたびに、その笹竹を突き故人の復活を確かめたものだった。確か四十九日まで続いたのではなかったか。作者は、肉体は二度と戻らぬが、自分は夏草となって還るという。しかも、その日まで今という時間に執し生きるという強靱な意志を刻んでいる。この句では、夏草は単なる草であることを超え、死後という未来を担う人間の生きる意志そのものとして立っている。

夏草の夢ことごとく鹹《しおからき》　渡辺誠一郎

この句の〈夏草〉は芭蕉の句を踏まえていよう。だが、その繁茂するところは高館という歴史的な場から、海辺という無名の漁民の場へとワープされている。鬼房に『鹹《から》き手』という小句集があって、そこには、この世の中のさまざまな苦患から生まれた詩想が犇《ひし》めいていたが、この句の〈鹹〉は、おそらく、そうした世界を踏まえながら、海に生きる人々の夢と千年前の夢とを重層させたのである。この世の夢は、みな苦渋に満ち、そして、それゆえ、はかない。

潮を被る夏草自体が夢見る存在として語られているところに、この夏草の新しさがある。

東日本大震災前の句だから、この波を津波と解すのは鑑賞としては無理なのだろう。しかし、今日読むと、どうしても、津波の禍々しさがつきまとう。作者が被災地塩竈の人だからなおさらだ。こんなところにも震災後の俳句の読みの難しさが横たわっている。

夏の草ストロンチウムは骨に入る　関　悦史

しかし、約三百年後、こうした禍々しい夏草が出現するとは、さすがの芭蕉も予測すらできなかっただろう。筋骨隆々たる夏草ゆえ、より不気味で、より悲しみも底知れない。

麦秋と麨

麦秋（夏）／麨（夏）

六月頃の昼下がり、梅雨入り前だったように覚えている。毎年顔見知りの老婆がやってきては、狭い玄関口に風呂敷を広げ、中から大きな袋を取り出す。顔見知りと言っても幼い私には、どこの誰であるか見当もつかない。祖母や母の親しげな会話から、古くから見知った人であるのを察するだけであった。どこの家でもそうであっただろうが、当時は季節ごとにさまざまな商いの訪問者がいた。富山の薬売りから遠い親戚であるらしい茸取りの名人。帚売りから門付け。中には、母が断るに窮したことがあるゴム紐売りもいた。中でも鮮明に記憶に残っているのが、この麦こがし売り、麨《はったい》売りである。生地では香煎粉《こうせんこ》と呼んでいた。今思えば、売りにきたのは、菓子屋などに卸した残りでもあったのだろう。なぜ覚えていたかというと、麨は、その時期のおやつの代表格であったからだ。似たようなものにきな粉があるが、こちらは大豆を自分の家で挽いて作っていたはずで買って食べるものという印象はなかった。麨は白砂糖を混ぜて甘みを調えてから食べる。幼い時分は練ったものを食べた。大人が食べている粉状の方が、どうしてもおいしそうに見えて、まねをして口に入れては噎《む》せ、顔や服を麨だらけにした記憶は、私だけではなく多くの人が経験していることだろう。

麨や手枷足枷子が育つ　小林康治

麨がいつ頃から食べ始められたか、詳しくは知らないが、平安時代にはすでに麨売りが市中を歩き、麦茶も飲まれていたようだ。徳川家康も好んで食べていたという。眉唾ものだが、「はったい」は「ヒッタイト」が語源という説もあるようで、そうなるとかなり古い時期からの食糧ということになる。しかし、現在、老年期を迎えている世代から言えば、麨には戦中の貧しさや飢えと切っても切り離せない食べ物というイメージが付いて回る。作者は、傷病兵として帰還したのち、戦中戦後の困窮生活を率直に詠い続けた小林康治。だが、読むたびに、自分の父親の複雑な笑顔も浮かんでくる。当時は、どの家庭も貧しく飢えていた。〈手枷足枷〉であった子供は、苦しい生活の、かけがえのない支えでもあった。麨は、噎せ返る子供たちと、子供たちを囲む家族の笑いとともに、ささやかだが、それ以上ない幸福の一場面をもたらす食べ物であった。

麨や胸三寸に籠る鬱　鈴木真砂女

ここでは、麨は一人で食べていると解すべきだろう。句集『居待月』には、この句の前に〈ふるさとの波音高き祭かな〉があるので、望郷の思いをかきたてながら食べていると読むのが自然だろう。しかし、この〈胸三寸に籠る鬱〉は、懐かしさを超えた、ただならぬ思いを感じさせる。真砂女は、千葉鴨川の老舗旅館生まれ。さまざまなエピソードの持ち主だから、故郷に対する感情も尋常ならざるものがある。しかし、私には、故郷への思い以上に、その八句ほど前にある「さる人の死を悼む」という前書を伴った、

かくれ喪にあやめは花を落しけり　鈴木真砂女

卯月休日香典返しとどきけり　〃

の二句との関連が気になる。年譜にある「四月二三日、Mさん死去」もたぶん同一人物に違いない。Mさんの詮索には関心がないが、その人が、もし望郷の思いにもつながる人であれば、この句は、いっそうの重層性を帯びる。もっとも、これは無責任な感想。〈胸三寸〉とは心の奥という意味で、「胸先三寸」とは意味が異なるが、自分の心のもっとも大切なところとの意味も持つ。この句からは、麨に噎せる作者を、傍らで笑い飛ばしてくれる愛情たっぷりの声は聞こえてこない。ただ、噎せた麨の粉が鎮まると同じように暗澹たる思いが胸中深くに落ちていく。

母方の祖母より知らず麦こがし　岡本　眸

これも一人で麨を食べている場面。「自句自解」(『岡本眸読本』)に拠れば、眸が生まれたときには、父の両親はすでに亡く、母の父も若死にだったという。祖母は子供の目から見ても綺麗な人だったようだ。その祖母を偲んでの作だが、自身の生地へとつながるもののようだ。作者は昭和三(一九二八)年、現在の東京都江戸川区生まれの末っ子。江戸川区も今ではビルが

建ち並ぶれっきとした都会の一角だが、当時は荒川放水路に近い鄙びた町で、芝露月町（現在の新橋五丁目あたり）で生まれた兄姉からは「お前だけが田舎の子だ」とよくからかわれて育ったという。この鄙びた町は、関東大震災で焼け出された両親が、母方の縁者を頼って移り住んだところで、祖母の系譜につながる土地ということになる。作者自身も東京大空襲などで二度も三度も焼け出された体験をしている。麨は、そうした祖母や生地、そして、何度も焼け出された少女時代のつらい体験につながる食べ物に他ならない。その田舎の風光の匂いを口中に広げながら、しみじみと祖母を偲んでいるのだ。

平成二十五（二〇一三）年六月、スペインに出かけたことは「時雨西東」のところで触れたが、ラ・マンチャも訪れた。アルバセテという小さな市を拠点にしているアルバセテ俳句協会とカスティーリャ・ラ・マンチャ大学が主催してくれた俳句講座で話をするためである。話題が本題からそれるが、アルバセテ俳句協会はスペイン語で俳句に親しんでいる数十人ほどの組織で人数は少ないが、その俳句熱は相当なもの。歓迎の酒席での話題は客観表現と主観表現のあり方、さらに芭蕉の〈閑さや岩にしみ入る蟬の声〉が俎上になり、客観についての見解を求められた。もちろん、通訳付きだが、それでも、この句の〈閑さや〉と〈蟬の声〉のうるささとの対比は、なかなか説明するに窮する難題と感じた。俳句講座はラ・マンチャ大学アルバセテ校に三十名ほどの参加。ここでも質問の口切りは「俳句の切れ」のあり方。またまた説明に難渋してしまった。

観光旅行ではないので「ラ・マンチャの男」ゆかりの地に赴くことはできなかったが、車中に広がる一面の麦畑と遠目に眺めることができたいくつかの風車でラ・マンチャを実感することができた。その広大な麦畑で脳裏に浮かんだのが、

麥爛熟太陽は火の一輪車　　加藤かけい

である。清水哲男の「増殖する俳句歳時記」で知った。心に鮮明だったのは、句のインパクトのせいだが、加藤かけいが私の師の鬼房と親しかったことも関係している。清水は「一読、ゴッホの絵を連想した。ここにあるのはゴッホの太陽と、ゴッホ的な気質である。爛熟した麥の穂波にむせ返るような情景が、ぴしりと捉えられている」と述べている。ゴッホの麦畑の絵は数多いが、どれも濃い黄色の麦が描かれていて、日本の麦畑とそれほどの違和感はない。ところが、スペインの麦畑は、黄色というより黄金、それも銀を潜めたようなまぶしい色をしていた。この句の場合、どちらがふさわしいか、それは鑑賞の楽しみというものだが、いずれにしても、私には、狭い山河につつましく広がる麦畑ではなく、オランダやスペインなどの丘陵に延々と続く麦畑の方が、この句にはふさわしいように思えた。〈麥爛熟〉は観念的な用語を多用する作者らしい措辞。だが、なんと言ってもこの句の眼目は〈火の一輪車〉という比喩にある。火の車といえば、ギリシャ神話のイクシオンの車輪を想起するが、太陽は永遠に回り続ける火焔の車で、大地の熟れ麦は、その炎がのりうつったもののようにも感じられる。大陸的なスケールの大きさがある。

童女かがみ尿ほとばしる麦の秋　西東三鬼

かけいの句が西欧的だとすれば、こちらは日本的な田園風景といえよう。道端で幼女が小用を足している寸景を捉えたものだが、こうした場面に詩が生ずるところに俳句の力の一端を受け止めることができる。

陰に生《な》る麦尊けれ青山河　佐藤鬼房

というのがある。もしかすると、発想のどこかに、三鬼の句の影響があったのではないかなどと、ふと思いを巡らせる。鬼房の句の〈陰に生る〉の〈陰〉は『古事記』の逸話、スサノオに殺されたオオゲツヒメの陰部でもある。成熟の季節とは、次なる枯れを胚胎して存在することを念頭にすれば、三鬼の句の黄熟した麦と青空を背景にしながら、きらきらと輝き出た童女の尿は、そのまま、童女の未来と生命感そのものといえよう。まさに聖水。この農村の原風景は、そのまま人間の原風景なのだ。

拾はれぬ骨まだ熱し麦の秋　飴山實

三鬼の句と実に対照的な情景を描いた句である。今進行中の納骨の一場面を冷徹に切り取ったものだ。拾われるのを待っている骨の熱さとは、そのまま死者の、死してなお残された、この世の最期の時間のようにも、一族への最後のメッセージのようにも読めてくる。〈麦の秋〉

の季語は、この場合、成熟がそのまま死であることの象徴ではあるが、麦とともに生きてきた死者の来し方をも想像させる。麦を踏み、麦を刈り、麦車を引きながら生きてきた。そう思うと、葬に集った血族友人を包むように、何処からか麦の匂いも漂ってくる。麦は、米が作られるようになる前から、つい最近まで、人々を端境期の飢えから救ってくれる貴重な穀物であった。人々の目には、やっとのことで得ることができた麦粒や麨の独特の暗く沈んだ白さは、どのように映っていたであろう。

蘆のふところ

青蘆（夏）

平成二十七（二〇一五）年は東北地方の桜の開花が早かった。蘆の伸び方も同様で、四月半ばには我が家から見える対岸の蘆はもう四、五十センチぐらいに伸びていた。もっとも実に心細げである。理由は護岸工事のせいで、根元がすっかり削り取られ、申し訳程度の数が生えているだけなのだ。

その四年前、東日本大震災の津波はこの川にも押し寄せた。波の力で蘆は根元から攫われ、さらにはキャタピラで残った芽がことごとくダメージを受けた。流されてきた舟を回収するために河原に重機が入ったのである。もう蘆は生い茂ることはないかと観念したが、まもなく一斉に芽を出し、六月になるといつもの年と変わることのない葉音をたっぷりと響かせ、私の打ちのめされた心を癒やしてくれた。

ところが、堤防の基礎部分に大地震のため亀裂が入ったとのことで、その修復工事が行われた。堤防が頑強になり、河床に溜まった津波の泥まで浚ってくれたのはよかったが、堤防の底辺部を削りとったため蘆原はすっかり寂しいものになってしまった。蘆は再生力が強いので何とか回復するであろうが、元に戻るのは私の死後のことだろうとその時は諦めた。だが、翌年再び、私は自分の想像力の貧しさを知らされることになる。蘆はまたしても蘇ったのである。

蘆は「アシ」とも「ヨシ」とも読む。「アシ」が「悪し」に通ずるので、忌避し「ヨシ」という呼び方が生まれたといわれている。関東では「アシ」、関西では「ヨシ」が一般的だそうだが、渡り鳥の葭切はどこでも「ヨシキリ」で「アシキリ」とは呼ばない。滋賀県あたりでは、蘆に比べて商品価値の低い荻を「アシ」と呼ぶともいう。「アシ」は『古事記』の「豊葦原《とよあしはら》」から馴染みだが、「ヨシ」という呼び方も平安末期の『類聚名義抄《るいじゅみょうぎしょう》』に見える。こちらもかなり古くからある読み方のようだ。また、アシには「葦」「芦」「蘆」「葭」と四通りの表記がある。白川静の『字統』に拠れば、葦は葭が大きくなったものを指す。「叚」は仮の意。蘆も未だ穂の出ないものを指し、穂が出たら葦であると記されている。芦は蘆の略字とある。なかなか使い分けが難しい。

孵らざるものの声する青蘆原　大石悦子

『日本書紀』の豊葦原中津国《とよあしはらなかつくに》や豊葦原瑞穂国《とよあしはらみずほのくに》は、高天原《たかまがはら》と黄泉の国の中間にある現世を指す美称で「稲が豊かに実る国」との意味である。しかし、豊葦原の「葦」は稲ではない。湿地に広がる蘆の茂りに土地の豊かさを象徴したものだ。湿地は蘆のみではなく、そこにさまざまな生き物を育んだ。まず茎に土中の微生物が育ち水を浄化させる。水中のリンや窒素を吸い取る。さらに、そこに小魚やエビ類が集まり、鮒や鯉が隠れる。茂った蘆の葉は、さまざまな昆虫が宿り小鳥が巣を作る場所となる。我が家の眼下の川にも鯉が悠然と泳ぎ、サギ類が小魚を狙い、まもなく葭切がやってきて営巣するに違いない。掲句の〈孵らざるものの声〉とは、自然の循環の中で、生まれることなくして死んでしまったその小さな命たちの声であろう。厳しい自然の摂理の必然ゆえだが、作者はそうした無数の、存在することなく消えてしまった声を蘆の葉のさやぎの中に聞き取っている。

しかし、人間が自然を改悪することによって、孵《かえ》るべき無数の命が犠牲になることもある。この句を何度も舌頭に載せるうち、私の脳裡の映像は眼前の蘆原から、いつしか、かつて訪れた渡良瀬川の広大な蘆原へと瞬時に移動する。平成二十二（二〇一〇）年、私は「小熊座」の栃木の仲間たちとともに渡良瀬遊水地を訪れた。遊水池の周りは一面蘆原で、このような広大な蘆を見たのは初めてであった。遊水池に沿って北へ歩くと、ほどなく谷中村跡地に着く。ここは日本で最初の公害と呼ばれる足尾鉱毒事件の被害地、明治天皇に公害を直訴した田中正造が立ち退きに最後まで抵抗した場所でもある。当時を偲ぶものはわずかに残った石碑のみで村役場跡も何も残っていなかった。蘆を渡る初秋の風のみが寂しく吹いていた。しかし、鉱毒は今でも残っているという。私が訪れた翌年に起きた東日本大震災の地震の際には下流から基準値を超える鉛が検出された。明治に起きた公害は今もまだ続いているのだ。また、当時は稲作に対する被害のみ大きく問題視されたが、人体に対する影響も少なからずあった。住民が下痢や嘔吐を訴えていたとのこと。第一、初めに被害が確認されたのは明治十一（一八七八）年の鮎の大量死である。そのことに思いが及ぶなら、鉱毒によって失われたすべての生き物たちの命の数は天文学的数字に上るであろう。この句が、どこで詠まれたものか、私には不明だが、渡良瀬川に広がる蘆原を脳裏に浮かべるとき、〈孵らざる〉ものを生んだのは、他ならぬ人間なのではないかと粛然とした思いになる。その時〈声〉は〈孵らざる〉もののすべての抗議の声となって聞こえてくる。

蘆茂るくらきふところ匂はせて　山上樹実雄

蘆に限らずイネ科の植物は、それぞれ独特の青臭い匂いを持つ。ことに蘆は、生えている場所の水や土の匂いと相まって、日差しの強い日にはむせるほどになる。この句は、その蘆叢《あしむら》に懐があって、匂いはそこからやってくると感じた。懐は、物などに囲まれて奥深くなったところとの意だが、「心に抱く」とか「なつかしむ処」との意味もある。つまり、母なる場所母胎なのだ。また蘆は、なよなよしているようでありながら、折れにくく倒れにくい。台風などで横倒しになっていたかと思うと、いつのまにか元に戻っている。そして、一冬を枯蘆となって屹立する。その忍従の果ての不屈の姿は、近寄りがたい厳しさとともに、やはり母としての立姿を彷彿させる。こうした連想もこの句は導き出してくれる。

青芦原母はと見れば芦なりけり　中村苑子

だが、ここまでくると私の想像力は逸脱しはじめる。蘆の茂りは、実は母の女陰そのものなのではないか。川もまた古来女身そのものであったはずだ。ベトナムを平成二十五（二〇一三）年訪れたとき私は気づかなかったが、メコン河のデルタにも蘆が生い茂っているらしい。

澁澤龍彦『高丘親王航海記』には、いちめんに生い茂った蘆荻《ろてき》に主人公一行が迷い込むくだりが記されている。そこもまた、さまざまな無尽蔵の生き物の宝庫。蘆の〈くらきふところ〉は、未生のカオスそのものの匂いを漂わせ始める。

まつ青な蘆の中から祭の子　中西夕紀

この句に初めて接したとき感じた、どこか原初的な宗教性は今も鮮やかだが、その時は、そう感じた理由が自分でもわからなかった。しかし、蘆原を母胎と解するとき、この句のどこか近寄りがたいイメージの源泉が少しは理解できてきたような気がする。『古事記』に蛭子《ひるこ》の話がある。これは近親相姦のタブーに基づく逸話で、女神のイザナミが先に声を掛けてから交わったので骨なしの蛭のような子が生まれた。その子を流すのに乗せたのは蘆の舟であった。ここにも蘆を母胎とする古代感覚を読み取ることができる。蘆の舟は蘆原へと消え去る。この句の〈祭の子〉は、もしかしたら流された蛭子の蘇りなのではないか。祭とは神の降臨を願い、神を招き入れる儀礼だが、この〈祭の子〉は祭に先だって神が降した使いのようにさえ見えてくる。

青葦のゆらぎらつりのゆらぎをり　小澤實

この句は〈ゆらぎらつり〉という造語が秀抜で、次々と伝播するように揺らぐ蘆の様が眼前に彷彿する。さやぎの絶え間ない音も伴っている。岩手県を源流として宮城県の石巻追波《おっぱ》湾を終点とする北上川は、その河口の十キロほどに見渡す限りの蘆原が続いている。蘆原を渡る風は「日本の音風景100選」にも選ばれている。この蘆原は自然にできたものではない。元々は田畑であった。洪水の被害を防ぐため川幅を広げる施策によって川となった。明治末期から昭和初期までかかった大工事だったという。この句の蘆のさやぎは、まるで神を讃える巫女の群舞のように感じられる。自然と人間の力が合致した豊かな世界を現出させている。しかし、北上川は大津波と地震による地盤沈下で蘆原をかなりの範囲で消失させてしまった。復活までは、まだまだ遠い道のりがある。それを踏まえると、今度は〈ゆらぎうつり〉が、震災以後の悲しみに揺れる被災者の姿に重なって見えてくる。たぶん私一人の個人的な鑑賞に過ぎないのだろうが、大震災は私の俳句の読みそのものにも大きな影響を与えた。

片意地に蘆の片葉や法花村　　一茶

〈法花村〉の所在は私には不明だが、この句は『九番日記』所収の文政七（一八二四）年の作だから、一茶晩年のものといってよい。「片葉の芦」は各地に残る伝承で、有名なのは「本所七不思議」のもの。多くは不遇の死を遂げた人の遺恨の象徴として伝わっている。「片葉の芦の片意地強く」とは母の背中で不慮の死を遂げた次男の石太郎を偲ぶ文章の中で、一茶が妻の菊を誹《そし》って用いた言葉である。しかし、その菊も二年後に亡くなる。この句の〈蘆の片葉〉はそのまま、亡くなった妻のことであろう。〈片意地〉と誹りながらも妻を偲び泣いている一茶の声が蘆のさやぎに混じって聞こえてくる。

蟬時雨

蟬時雨（夏）

夏先駆けて鳴き出す蟬と言えば、にいにい蟬と春蟬。にいにい蟬はちいちい蟬、麦蟬ともいい、子供の頃は、こちらの名前で親しんでいた。他の蟬もそうだが、体が保護色になっていて木肌と同じ黒茶色や葉と同じ暗緑色が多い。にいにい蟬は前者。個体が他の蟬より小さく、翅が斑模様なので、見つけるのが難しい。しかし、昆虫好きの少年には、その夏の初めての蟬の採集物。茂った桜の木などで、声をたよりによく探し回ったものだ。捕まえて指で抓んだ時の感触や小さな翅音は、夏到来の実感を伝えて余りあるものだった。

春蟬は、にいにい蟬よりも鳴き出すのが早い。しかし子供の頃に聞いた記憶はない。山深いところに生息している蟬なので、身近な採集の対象とはならなかったからだろう。存在すら知らなかった。はっきり春蟬と認識して聞いたのは平成十二（二〇〇〇）年の山刀伐峠《なたぎりとうげ》でのこと。確か六月末であった。芭蕉が『おくのほそ道』の旅で山形県最上町を訪れた時期に合わせて開催される当地の俳句大会へ出席した。山刀伐峠の芭蕉顕彰碑へ向かう途中、もしかしたらと思い松の木を仰いで耳を澄ませている私に、同行の人が「蝦夷春蟬ですね」と教えてくれた。その声は雑木林の光を攪乱し膨らませながら、木々の若葉を褒めはやすように響いていた。もっとも、私には、今も春蟬と蝦夷春蟬とを聞き分ける自信はない。歳時記には春蟬と松蟬を同じ春の季語にしているものと、両者を区別し、前者を春、後者を夏としているものがある。春に鳴くので春蟬、松林に生息するから松蟬で、同じ種類であろう。

松蟬の一つ澄み入る禱りかな　中島斌雄

この句の面白さは、無数の蟬の声の中の一匹を聞き分けているところにある。油蟬や熊蟬は集団の声が渾然となって聞こえるから、中の一匹を聞き分けることはできない。蜩は、まず初めに一匹が鳴き出し、それが輪唱の波のようになって伝わる。松蟬は全体はわき上がるようでありながらも、耳を澄まし集中すると、声に強弱があって、中の一匹が聞き取れることが可能だと思わせるところがあると私には感じられる。混沌としていながらも一匹ごとに鳴いている。独りよがりかもしれないが、これが松蟬の鳴き方である。そう思って一人耳を傾けていたのは、確か安曇野の松林であった。

あれは「NHK俳句」という番組にレギュラーとして出演していた頃だからもう十年近くも前であろう。偶々新宿から安曇野行のバスがあることを知った。所要時間は四時間もかからない。しかも料金が安い。これなら収録が終わってすぐ飛び乗れば夕方には安曇野の土を踏むことができる。そう思った翌月には、実際に安曇野に立っていた。計画も何もないから山葵田あたりを巡って、あとはレンタカーを勝手に走らせた。その折、偶々広い松林と出会ったのだ。その天上から降るような松蟬の声は、なるほど、掲句通り、蟬たちの禱りの声そのものに聞こえた。松林の蟬のユートピアが永遠に続くようにとの禱りである。

聞きほれてをれば春蟬ほしいまま　清崎敏郎

この句も松蟬らしい鳴き方といっていい。真夏の油蟬やみんみん蟬ではとても聞きほれる気にはならない。薄暑のやっと汗ばんできたばかりの頃の初々しい声であるから、うっとりと耳を傾ける。もしかしたら、姫春蟬かもしれない。この蟬には合唱性があり、松林全体を揺るがせるような大合唱となるという。未だ私は聞いたことがない。

閑さや岩にしみ入る蟬の声　芭蕉

にいにい蟬を特定した句にはなかなかお目にかからないが、有名なのは芭蕉のこの句であろう。蟬論争が広く知られている。斎藤茂吉は油蟬説、小宮豊隆はにいにい蟬説。茂吉の「立石寺の蟬」に拠れば、岩波書店の岩波茂雄が催した会合での豊隆とのやりとりが論争の始まりのようだ。どちらの声が、この句にふさわしいかという文学的観点と事実関係が問題になった。茂吉自身も現地に足を運んだり、弟子の結城哀草果に頼んで小学生に蟬を採集させたりまでした。最後は茂吉が自説を覆し、豊隆の「細くて比較的澄んでいて糸筋のように続くかと思えば時々撓りが見えるような、にいにい蟬の声の方が、遥かに適切である」との説を正しいと認めたのである。もっとも茂吉は芭蕉の感覚は、元禄の俳人の感覚、自分の感覚は、それを近代的に受け入れたためと、けっして全面的に認めたようでもなかった。どの蟬がふさわしいか、それは鑑賞者一人一人が決めることということに尽きようか。

この句は初句が「山寺や」が初案という。「淋しさの」や「さびしさや」の形を経て〈閑かさや〉に至った。この言葉にたどりついたことも、この句が名句となる必須要件には違いないが、やはり眼目は、〈しみ入る〉という措辞にあろう。こちらも「しみつく」とか「しみ込む」という形があったが、〈しみ入る〉であって、初めて声が鮮明に液体化し、映像化する。声が眼に見えるということだ。フェリクス・アルセというスペインの俳人と平成二十五（二〇一三）年のスペイン旅行の際に話す機会があった。その時、彼はこの句にたいへん魅力を感じながらも〈閑さ〉と〈蟬の声〉という静寂と騒音とが、同時に同次元に表現されていることに俳句の難しさを感じるといったことを述べていた。確かに論理的には音に静寂を感じるということは矛盾そのものかもしれない。が、それは静寂というものの本質的なあり方でもある。音があってこそ静寂は生まれる。ここに表現されているのは、今という束の間の生を謳歌する蟬の声が、岩という無窮の沈黙へと吸い込まれていくことによって生ずる静寂なのである。必死で鳴く蟬の命が生む静寂といってもいい。スペイン語どころか外国語と名のつくものに全く無縁の私は、彼に直接そうしたことを伝えることができず、はがゆさばかりが残った。だが、この句の魅力が言葉の違いを超えて伝わっていることがうれしかった。

しんしんと離島の蟬は草に鳴く　　山田弘子

日本でもっとも早く鳴き出す蟬は草蟬、学名がイワサキクサゼミ。沖縄本島や宮古島に生息している。名前の通り草に住む蟬で個体が十五ミリ前後と小さい。早い年は二月から薄やサトウキビの葉の上で鳴き出すという。戦前は主に薄原で鳴いていたが、戦後サトウキビ畑に生息地を移行したのだそうだ。薬剤散布でクモ類やアリ類がいなくなったことに、その一因があるらしい。その後はサトウキビの葉を吸うので害虫扱いとなった。単調に一途に鳴き続けるその小さな声は、作者にとって沖縄はじめ離島に暮らす人々の悲しみの声に聞こえたにちがいない。

死を遠き祭のごとく蟬しぐれ　　正木ゆう子

俳句甲子園の決勝トーナメントに出席するため、会場前にタクシーから降り立ったときである。ものすごい蟬の声が頭に覆い被さってきた。北国育ちの私にも熊蟬とすぐにわかった。すると、前を歩いていた正木ゆう子が「あら、蟬時雨」と振り向いた。その声が実に自然かつ涼しげであったから、それにもあっけにとられたが、これが蟬時雨かと私はまるで新しい言葉を知った気分になってしまった。熊蟬のいない東北では蟬時雨は油蟬以外には想像できない。彼女は熊本生まれ。なるほど、それなら確かに熊蟬も蟬時雨に違いない。そう思って、この句に再び向かったが、やはり、聞こえてくるのは油蟬の声である。蟬の寿命は、種類にもよるが土中で六、七年。成虫となってからは一、二週間が通説である。その成虫のわずかな期間を子孫を残すために懸命に鳴き続ける。死は間近ながら、声は死とは無縁の今を謳歌しているのだ。祭とは本来祝い事のみではなく弔いや穢れを祓う呪術までですべてを意味する。祭が性と深く結びついているのもまたいうまでもない。蟬たちの生の交歓もまた、祭、それも死を表裏とした祭である。なぜ、この句の蟬が油蟬に聞こえるのだろうか。それは、たぶん私自身の蟬の原体験のせいだろう。蟬の屍として私の脳裏には熊蟬はまず浮かばないのだ。加えて、祭のイメージには夜へと繋がる時間帯が連想される。この句にも午後の深い日差しが感じられる。熊蟬と油蟬とが一緒に生息するところでは、熊蟬は午前で鳴き止み、油蟬は午後から鳴き出す。油蟬は午後の蟬なのである。

死蟬をときをり落し蟬しぐれ　藤田湘子

この句の蟬はどちらだろう。温暖化のせいか熊蟬の東進北上はめざましいものがある。平成九（一九九七）年の作だから、作者の生地小田原は元より住まいの横浜でも熊蟬がだいぶ幅を利かせ始めた時期だ。この句では熊蟬の方がふさわしいかもしれない。木の上から不意に落ちてひっくり返る図体は大きい方がより諧謔味を増す。死蟬といってもまだ翅や足をばたつかせ、ときにはもんどりを打っている。この句にも、短い生を謳歌する蟬と確実に訪れる死の世界が同次元に置かれている。蟬時雨に耳を傾けながら、死蟬を見つめる冷酷なまなざしは、しだいに自分自身の死を見つめるまなざしへと変化していく。その暗いイロニーが、この句の魅力である。

蟬時雨子は担送車に追ひつけず　石橋秀野

句が生まれた舞台は京都。「七月二十一日入院」との前書がある。担送車は今でいう救急車であろう。容体の急変による突然の搬送。作者は担送車の中で仰臥して、自分を追う子供の姿を脳裏に思い浮かべている。おそらくは、もう二度とまみえることのない別れ。少なくとも作者はそう自覚している。藤沢周平の『蟬しぐれ』の終章にも蟬時雨は響いていた。その声も、この句と同様の油蟬の声と信じて疑わないが、蟬時雨は永遠の別れの舞台を演出する声なのである。

柿食ふや

柿（秋）

近年は柑橘類に人気が集まっているらしいが、好き嫌いや産地の適否はともかく、もっとも身近な果物として柿を挙げることに異を唱える人は少ないだろう。まして俳人であれば、否定することすらはばかられる。柿に名句が多い。代表格は、何と言っても次の子規の句。芭蕉の「古池」の句に並ぶ愛誦性がある。

柿くへば鐘が鳴るなり法隆寺　　正岡子規

俳句が、人生のもっとも至福の瞬間を言い止めることができる言葉の形式であるとすれば、その具現の典型と言っていい。後年、虚子は「極楽の文学」が俳句であると主張した。そのことを作品として雄弁に物語っている。

句の背景は、子規の随筆「くだもの」に詳しい。この文章は柿に限らず、果物全般についての所見を披瀝したものだが、子規はもともと果物が好きであった。「大きな梨ならば六つか七つ、樽柿ならば七つか八つ、蜜柑ならば十五か二十位食ふのが常習であつた」と述べているから恐れ入る。

子規は日清戦争の記者として従軍し、期待外れで落胆しながら大陸から戻ってくる船中で、例の大喀血をした。幸い何とか一命を取り留め、半年近くの療養を経て、漱石はじめ松風会の連衆に見送られ故郷の松山を発ったのは十月のことだった。途中、腰に病が出て、歩行に困難を感じていたにも拘らず、無理を押して奈良へと足を延ばした。子規生来の好奇心ゆえだが、この機を逃したら二度と足を運ぶことがないとの思いが伝わる。すでに己の死を深く自覚していた時期である。

この句は嘱目即吟の趣が強い。だが、成り立ちを考慮すれば、そうとは言えない。それは、奈良逍遥中に、至る所で柿の木とそこに実っている柿を見つけ、「奈良に柿を配合するといふ様な事は思ひもよらなかつた事である。余は此新たらしい配合を見つけ出して非常に嬉しかつた」と述べているからである。確かに、それまで柿は和歌などに取り上げられたことが少なかった。そうした古今の詩歌を踏まえた視座がまず伏線としてあった。「奈良」と「柿」という題目意識があらかじめ子規の胸に意識化されていたのである。

そこに奈良の宿屋角定での逸話が重なる。これも「くだもの」に詳しい。子規は、夕飯後、宿屋の「下女」に御所柿を所望した。御所柿は子規が松山でよく口にしていたようで「非常に恋しかつた」とも付け加えている。やがて、びっくりするくらいのたくさんの柿が目の前に現れ、それを「下女」が剝いてくれる。「此女は年は十六七位で、色は雪の如く白くて、目鼻立まで申分のない様に出来てをる。生れは何処かと聞くと、月か瀬の者だといふので余は梅の精霊でもあるまいかと思ふた」と記す。月ヶ瀬は現在は奈良市に編入されているが、古くから梅の栽培が盛んで、月ヶ瀬梅林の名前があるほど。久方ぶりの好物の御所柿、剝いてくれるのは梅の精霊のような美少女。場所は、体の不調にも耐えて訪ねた憧れの奈良。そして、やがて初夜の鐘が鳴る。道具立てが揃い過ぎの感はあるが、そうした偶然のある瞬間の出会いこそが、奇跡的に名吟を生む。もっとも、単なる恵まれた出会いのみで作したのであれば、おそらく、

柿くへば鐘が鳴るなり東大寺

という初案で創作は完結していた。子規の詩人としての才覚の本領は、場面を実際に鐘を聞いた東大寺から法隆寺へと移し替えたところにある。そのことで、句の背後が、一気に法隆寺の堂塔とそのあたり一面の田園が広がる歴史的鄙へと変転する。夕暮れ間近の青空や紅葉や風光、その他さまざまな無数の風光が渾然となった世界が時空を超えて現出し、この世に二度とない至福の瞬間を言い止め得ることに繋がったのである。子規三十五年の生涯のうちでもっとも輝かしい時間が、大好物の柿の味とともに永遠化されたと言っても過言ではない。子規には、

三千の俳句を閲し柿二つ　　正岡子規

柿喰ヒの俳句好みしと伝ふべし　　〃

という句もある。どちらも、その二年後の作だ。後者には「我死にし後は」という前書が付いている。子規の柿好きは、その生死の意識と分かちがたく結びついている。

御所柿は奈良が原産地の甘柿で、大和柿、平柿の別名もある。だが、現在、奈良ではほとん

ど栽培されていないらしい。栽培方法が難しく管理も手間がかかるようで他の品種にとって代わられているのだそうだ。僅かながら復興しているとのニュースもある。

北国育ちの私も柿好きだが、その主流は渋柿で、甘柿は小粒な柿しか幼い頃の記憶には残っていない。中学生の頃まで過ごした借家にも、その後父が建てた家にも柿の木があった。その せいで、他の果物にはあまり恵まれなかったが、樽抜き柿は毎年、好きなだけ堪能できた。母方の祖父の家には、渋柿の他に甘柿の木もあって、それが母の実家に行く楽しみの一つでもあった。どの家にもかならず柿の木がある。当然と子供心に疑わなかった。

里古りて柿の木持たぬ家もなし　　芭蕉

は、そのまま私の原風景である。

柿食ふや命あまさず生きよの語　　石田波郷

この句の前書に「橋本大人が母堂の語を録す」とある。波郷が大人と呼んだ橋本政徳は「鶴」の同人で波郷の随筆「酒中花」には次のような記述がある。「橋本さんの亡くなつた母堂は茶人であつたが、つねづね『人間命をあますやうではいけませんよ』と説いてゐたさうだ。きびしい言葉である」。この言葉を踏まえて成った句で、「その語を忘れまいとする為に作つたやうな句」とも付け加えている。作句した昭和三十五（一九六〇）年は前年に朝日俳壇の選者に加わるなど充実の時期でもあった。同時に結核とも闘いながら自分の余命を見つめていた頃で、この句の柿の味も、子規とはまた違った視点から、限られた命を見つめる思いが一体となったものである。波郷も松山生まれ。別の自句に触れて「柿は松山だけの特産ではないが、作者には切放して考へられぬ程」とも述べている。

てのひらにうけて全き熟柿かな　木下夕爾

これは柿の形にこだわった句。私のイメージでは渋柿である。ただし、形はどうも私が子供の頃になじんだ蜂屋柿の一種である釣り鐘形ではないようだ。それは片方の掌の上に柿が載せられてある場面を想起するからだ。平核無《ひらたねなし》のような扁平の柿が自然だろう。その方が〈全き〉の一語が示す完熟の全容を眼前にできる。木下夕爾は広島出身であるから、それを踏まえれば、この柿は西条柿となる。すると、やはり釣り鐘形。それなら両手に載せるイメージで柿の全容はそれほどはっきり見えない。どちらがふさわしいか。これもまた鑑賞者がそれぞれ判断すればいいことであり、それぞれの柿へのこだわりに従ってかまわないのだろう。柿はまず味覚だが、形や色もさまざまな興趣を育てる。

掌にのせし重みも富有柿　清崎敏郎

柿の重さに着目した句。〈富有柿〉の「富有」という語感を十二分に生かした。富有柿は甘柿の代表品種で御所柿がルーツだそうだ。岐阜県で接ぎ木栽培に成功した福島才治という人が『礼記』中の「富有四海之内」という一文から二文字を取って名付けたという。由緒ある、文字通り重みのある名である。柿の王者にふさわしいとも言える。この句は、その重みを柿の名に託しながら、十分に伝えている。

渋柿の滅法生りし愚さよ　松本たかし

一般に柿はたくさん実を付けるので、どの柿の木としても鑑賞可能だが、つい福島の「会津身知らず」を連想してしまう。「柿の木に上るな」との禁忌は、柿が霊木であることに基づいてはいるが、この木が折れやすいせいでもある。「会津身知らず」の語源の一説に、柿が自らの身に付けた重みのせいで折れてしまうことが挙げられる。結実は木が自らの子孫を残すための必死の営みである。しかし、それが却って己が身に厄難をもたらす。その自己矛盾が、人間の生のあり方と通底する。屈折したユーモアが「渋柿」の渋味を伴いながら伝わってくる。揶揄しているようにも感じられるが、けっしてそうではない。作者が、能役者の厳しい修業を積みながらも自らの病ゆえに、その道を断念せざるを得なかったことが頭をよぎる。

縁側にころがる柿と曾祖母と　坪内稔典

柿についての蘊蓄を語らせれば、俳人では、この人の右に出る者はいない。著書『柿日和』は是非柿を食いながら味わってほしい一冊だ。同書にも紹介されているが、柿は嫁ぐ時に持参する木である。そして、その嫁が死んだなら、その柿の木を焚き火葬する。『日本俗信辞典』に拠れば神奈川県などに伝わる習俗だという。柿という言葉は境を示す「垣」で常世との境界に植えられるとの言い伝えも残る。縁側も内と外の境、そこに転がる柿と曾祖母は、そのまま、その家、代々の変転すら連想させる。たっぷりと晩秋の日差しを浴びた平和な家々の一つ一つにも、平和ながらも、あまたの悲喜愛憎、艱難辛苦を伴った歴史がある。読み過ぎかもしれないが、ついそんなことまでに思いを馳せてしまう。作者もまた愛媛県生まれの人。

葛の花の向う

葛の花（秋）

葛の花踏みしだかれて、色あたらし。この山道を行きし人あり

釈 迢空

私が葛の花をはっきり意識したのは、釈迢空のこの歌に拠る。中学の教科書で出会った。葛の花は山育ちの私の身辺にたくさん咲いていた。幼い時分、祖母に連れられよく山歩きをしたが、確かに、初秋の道ばたの茂みに赤紫の不思議な花が垂れ下がっていた。もっとも、その頃は名も知らなかったし、関心もなかった。この歌は、与謝野晶子の〈金色《こんじき》のちひさき鳥のかたちして銀杏ちるなり夕日の岡に〉と対になって記憶されている。はじめはむしろ与謝野晶子の歌により惹かれた。理由は言うまでもない。そのイメージの華やかさに拠る。それに比べると迢空の歌は、はるかに地味で、特段の意外性や驚きをもたらすものではなかった。しかし、どこか、何か気になる。そういう歌であった。以後、さほど気にすることもなかった葛の花を見つけると、しげしげと眺めるようになった。あれは高校三年の時だったと記憶している。当時所属していた「駒草」の句会が仙台市のとある寺で催されることになった。寺の奥には低山が連なり、頂まで上ると仏舎利塔があると教えてもらった。釈迦の骨が祀られてある塔、なんだかよくわからないが、好奇心の赴くままに山道を上ってみた。今はすっかり住宅地と化して鬱蒼とした当時の面影はまったくなくなったが、細道は行けども行けども山深くなるばかりで、しかも行き交う人は皆無。次第に不安が募り、もう引き返そうと心に決めた時、目の前に葛の花が現れたのだった。その時、天啓のように、この歌の魅力が了解できたと思った。今もって心に鮮やかである。もっとも、それは、この歌の世界の一端に触れたに過ぎなかった。だが、以来、私にとって葛の花は、その先の未知を指し示す花として存在し続けることになった。

この歌は大正十三（一九二四）年「島山」と題された五十二首の一首目を飾っている。迢空は、同十年に沖縄や壱岐《いき》を旅しているので、その時の作とする説と熊野での作とする説があるという。いずれにしても未知の地や父祖の源流、あるいは神話世界の神々に導かれる幻想などが幾重にも重なっている。どこを場面とするか、判断は読者に委ねられている。迢空の弟子だった穂積生萩《ほづみなまはぎ》は、葛の花の〈色あたらし〉に着目し、そこに処女の血を連想すると鑑賞していた。馬場あき子の「真葛」というエッセイに拠れば、『万葉集』の葛の歌には、しばしば少女が登場する。当時の少女たちの手仕事の一つに葛の蔓から繊維を作る作業があって、そのために葛の茂みに分け入っていた。葛は古代の働く女性の姿とともに記憶され続けてきた植物でもあった。それを踏まえるなら〈踏みしだかれて〉は処女の蹂躙《じゅうりん》をも連想させて不自然ではない。あながち的外れでなかろう。だが、それも、道の先は異界であって人間が入り込めないとの禁忌を感じさせるゆえ可能となる。これ以上憶測を働かせると、この歌の魅力から外れていってしまうだけだからやめる。つまるところ〈山道を行きし人〉が何人なのか。それは永遠の謎であって、謎であるところにこそ、この歌の魅力の源泉が隠されている。
葛の花は秋の七草の一つ。これは山上憶良の歌が端緒なわけだが、古くは、葛は花よりも葉の方がよく詠まれてきた。近代まで変わることがなかった。俳句でも同様で、現代になって「葛の花」の方がよく詠まれるようになった。そのきっかけの一つに、この迢空の歌があると言って間違いない。

全山の葛の衰へ見ゆるかな　高浜虚子

なぜ、葉が詠まれてきたか。葛の葉の繁茂力への驚きがあったからである。立木があれば梢まで上り、谷があれば谷底まで覆う、その生命力への共感ゆえである。この句は、それを前提としながら、葛の衰えに着目した句である。衰えが見えると言いながらも、枯れにはまだまだはるかに遠い葉のさやぎ。言ってみれば精気盛んな壮年の男が、ある日、ふと垣間見せてしまった翳りのようなものである。やがて、やってくるであろう本格的な衰退の予兆として、しかし、生き生きと全山の葛の葉が裏返る。繰り返し読めば読むほど、眼前の景であることを超えて、作者自身の、心のありようが重なってくる。

あなたなる夜雨の葛のあなたかな　芝不器男

その虚子の鑑賞で一躍名句となった句である。「二十五日仙台につく　みちはるかなる伊予の我が家をおもへば」の前書がある。虚子は、この句について「仙台にはるばるついて、その道途を顧み、あなたなる、まず白河あたりだろうか、そこで眺めた夜雨の中の葛を心に浮かべ、さらにそのあなたに故国伊予を思う、あたかも絵巻風の表現をとったのである」と述べている。つまり、単に目前の夜雨《よさめ》の葛から、仙台からはるか離れた伊予を思うという二か所を線としてつなぐだけの〈あなた〉ではなく、旅そのものの空間が立体的かつ視覚的に重層するように受け止めたのである。そのことで旅そのものの時空とその時空への思いが一句の背後に立ち現れることになった。さらに石田波郷が、虚子の鑑賞を支持補完しながら「幽惋《ゆうえん》なる情趣、遊子のかなしみがある」と付け加えている。山本健吉が『現代俳句』で紹介している。健吉はさらに、母恋いの感情も嗅ぎ取っている。そこには茂る葛の力が人恋う思いをはばむものだという和歌以来の伝統感受が一脈通じている。それにしても虚子の鑑賞はアクチュアリティに富む。それは虚子自身に、学生の頃、不器男同様に伊予をはるか離れた仙台で孤独にうちひしがれた経験があったことと決して無縁ではない。

葛の花むかしの恋は山河越え　　鷹羽狩行

葛は歌の世界では、風に翻る葉裏の白さが印象的であるため「秋風」が「飽き」を連想させることを踏まえ「裏見」に「恨み」を重ねて読まれ続けてきた。その「恨み」も元々、葛の生命力を下敷きとしていた。盛んであるがゆえに恨みもまた色を濃くする。有名なのは歌舞伎や浄瑠璃にも演じられた「葛の葉」伝説である。

恋しくばたづね来てみよ和泉なる信太の森のうらみ葛の葉　（『芦屋道満大内鑑』）

「葛の葉」と呼ばれた狐が、命を助けられた恩返しに、その男と契って子供を産む逸話だ。狐は男に正体を見破られて、やむなく信太の森へと帰っていく。これはその時の歌である。狐が残した子が、のちの陰陽師安倍晴明となるというオチまで付いている。狩行の句は、そうした和歌の恋慕の思いを踏まえたもの。むろん〈むかしの恋〉は「葛の葉」の悲しみに限らない。『万葉集』の防人の妻恋でも『伊勢物語』の在原業平の流離の思いでもいい。距離が離れれば離れるほど、再会が不可能であればあるほど、恋情はさらに増す。古代の恋は、交通網や通信手段が整備され、情報網が高度化された現代の殺伐とした恋とは違って、山河ばかりでなく、住む世界をも超えて激しく求め合う。葛は、ここでも〈夜雨の葛〉同様そうした二人を隔絶する存在として詠われているということになる。〈むかしの恋は〉の「は」には、現代の恋は、そうした古代の恋には到底及ばないとの思いが、憧憬を伴って込められている。

葛の花来るなと言つたではないか　飯島晴子

「葛の花」という随筆で作者は次のように書いている。「葛の花自体は、形も色も、華やかな盛りの雰囲気をもつ花で、どこにも滅亡を予言するイメージは見当たらないが、その濃艶な葛の花の先には必ず滅びがあり、しかもそれはだれもが知っていることのような、そういう葛の花にまつわる気分の複雑さが好きなのである」。この句のいい知れない魅力の扉を開く鍵も、ここに隠されている。それにしても〈来るなと言つたではないか〉とは誰が誰に向かって言い放ったものだろうか。葛の花の台詞だろうか。そうであれば、ここからは葛だけの世界、人間は入ってはならないと警告していることになる。狐の化身「葛の葉」が、人間が異界に踏み入ることが不可能なのを承知の上で〈たづね来てみよ〉とそそのかしているのと対照的だ。しかし、俳句のセオリーでは上五はいったん切れて、主語を作者と解するべきだから、作者が他の誰かに声を発したとするのが自然となる。それなら、晴子自身が、後続してくる友か弟子かを叱りつけていることになる。だが、この句では作者以外に人間の姿はどうも見当たらない。すると、これは作者自身がもう一人の自分に声を掛けていると解するのがもっとも自然ということになる。葛の花の、その先へ行きたいと念ずる自分と、そこへ行ってはいけないと止める自分とがせめぎ合っているのだ。その相克の果てに、とうとう行くという道を選択した自分へ、今一度、もう一人の自分が発した言葉。それが、この句である。しかし、どうやらもう遅い。なぜなら、すでに異界へと足は踏み入れられているからだ。この句を読むたび私は、そうした、ただならぬアンビバレントな自己問答の場面を想像してしまう。葛の花の先へ足を踏み入れたものは、もう二度と戻ってはこない。その寸前のカタルシスが展開されている。〈山道を行きし人〉も〈葛の葉〉も、〈むかしの恋〉も、そして、晴子自身も〈夜雨の葛のあなた〉に広がる時空から、もう二度と戻ることはない。

葛の花帰り来しものの未だ無し　　橋閒石

菌生え

菌（秋）

山麓で生まれ育った私にとって茸は身近な存在である。同時に、得体の知れない不思議な生き物でもある。父は山歩きとは無縁だったが、祖母はよく山にでかけた。私を連れて行くこともあったが、一人でもよくでかけた。そして、なにやら正体の知れない茸をたくさん採ってきた。神経質な父は、それらを一瞥すると、こんな茸食えるはずはないと、よく顔をしかめていたのを覚えている。ある日のこと、顔見知りの老人が我が家を訪れた。「たかずいど」と祖母や母が呼んでいた。「いど」はいとこのことだから、親戚筋に当たる人であろう。これまでも時折顔を見せ、栗や茸など山の幸を置いてゆくことがあった。その日は祖母が茸採りにでかけた翌日らしく、おあつらえ向きとばかりに、自分の収穫を新聞紙一面に広げた。どうやら老人は茸の目利きらしい。私はそばで目を凝らして見ていた。どうやって選別するのか興味をそそられたからだ。老人は茸を一つ一つ手に取り、指で少し裂いたり鼻で匂いを嗅いだりしながら、毒茸かどうか吟味した。色が同じようでありながら、食用があり、そうでないものがあった。中に小さな小枝をまるで珊瑚のように立てた奇妙な茸があった。老人は、実に素っ気なく、白い方は食べられ、少し黄ばんだ方はだめだとつぶやいた。中学生の目にはどっちも食えるはずはないとしか映らなかった。他の茸の選別も含めて、どうしてわかるのか、信じがたい思いで、その手先を眺めていた。白いのがホウキタケで、黄色味がかったのが、ハナホウキタケだと知ったのは、茸図鑑などを手にするようになってからのことである。

こんなことも記憶に残っている。我が家の裏には用水の堀川が流れていて、その橋の袂に一本の大きな栗の木があった。秋にはたくさんの実をつけるので、台風一過の朝などに、よく拾いに出向いた。その木の根元に茸がびっしり生えていたことがあった。じっと目を凝らしていると、たまたま通りかかった近所の顔見知りが、これはツキヨタケだから触ってはだめだと教えてくれた。家に帰って父にそのことを告げると、あの茸は夜になると光るという。好奇心旺盛だった頃だから、果たしてどんなふうに光るか、一目見たくてたまらなくなった。そこで懐中電灯を持って夜中にこっそり木の根元へでかけてみた。しかし、残念ながら茸は私の期待には応えてくれず、ただ黒っぽい傘を伏せて並んでいるだけであった。懐中電灯がいけなかったのかもしれないが、以後、今日までツキヨタケが光るのを見たことはない。

毒茸月薄眼して見てゐたり　　飯田龍太

この句は『山の影』に所収されている。薄眼しているのは月だろうか。毒茸だろうか。私は後者と受け取りたい。同書は再三読んだ記憶があるが、この句は記憶には留められていなかった。たぶん、毒茸をテングダケやベニテングダケのように傘の張った、目立つ色形の茸とばかりイメージし、茸の〈薄眼〉が今ひとつピンとこなかったせいであろう。それらの毒茸は薄眼どころか両眼を見開いて、こちらをじっと睨みつけている印象がある。しかし、ツキヨタケとするなら、薄眼のありようがよくわかる。食えるものなら食ってみろと、まさに人を食ったように目を半開きして月を見ているのである。

植物は光合成により無機物から有機物を作る。その植物を食べて生きるのが動物。それら動植物の体を死後分解し腐らせ無機物にするのが茸など菌類の役目といわれている。つまり、無機物↓有機物↓無機物という循環によって自然界の生命の死滅と再生が行われている訳だ。その循環は実は植物と菌類だけでも可能で、陰花植物専門の写真家伊沢正名《いざわまさな》氏は、人間を含めた動物は「生物界における寄生虫的存在なのかもしれません」とも述べている。そのことを踏まえれば、掲句の毒茸の薄眼は、自然界を消費するだけで、その再生に何の役にも立っていない人間を哀れみ、さげすんでいる眼ともなる。

笑ひ茸食べて笑ってみたきかな　鈴木真砂女

『万葉集』や『拾遺和歌集』には松茸の和歌は一、二首載っているようだが、他にはほとんど見当たらない。茸は俳諧の時代になってよく用いられるようになった季語だ。ただし『今昔物語』には茸にまつわる話がいくつか載っている。巻二十八にはツキヨタケをヒラタケと偽って毒殺しようとした話や「尼共入山食茸舞語《あまどもやまにいりてたけをくひてまふこと》」という話が入っている。これは山に迷った木こりたちが、茸を食べて手足がひとりでに踊り出して止まらなくなった尼たちと出会った話である。説話の中では「マイタケ」と呼んでいるが、今でいう「ワライタケ」のことで、現在、食用のマイタケではない。この茸を食べると中枢神経に作用して幻覚症状を起こし、興奮して踊り出したり、笑いが止まらなくなったりするという。死に至ることはないらしい。「ワライタケ」という名は大正時代になって付けられたものだそうだ。この話の興味深いところは、そうした尼の様子を見ながらも、空腹に堪えかねて木こりたちもワライタケを食べてしまうところにある。飢え死にするくらいなら笑い死にした方がいいということだ。困苦の果てに、毒と名の付くものを口にしてみたいという願望は、どんな人間のどんな状況にもひそんでいる。

掲句は、『都鳥』所収だから鈴木真砂女、八十代の句である。真砂女は『銀座に生きる』を書き、人気を博し、その数年後、句集『都鳥』で読売文学賞を受賞する。いわばもっとも脚光を浴びた時期の作である。娘である本山可久子《もとやまかくこ》の『今生のいまが倖せ……　母、鈴木真砂女』には、真砂女は『銀座に生きる』を上梓した八十歳過ぎから自分のことをあたりかまわずしゃべり書きまくったと記されている。奔放な性格が自然に自分をさらけだすようになったともいえるが、自分をさらけだすことで、生きる力を得ようとしていたかのようだ。しかし、自分を露にすればするほど満たされないものが心に広がっていったのではないか。むろん、これは、この句に発した私の勝手な想像。しかし、〈笑ひ茸〉を食べて笑いたいという願望は、どうしても、ついに満たされることのない飢餓の思いが心の底にあって初めて生まれるもの。この句の背後には、そうした屈折した心理が潜んでいる。

生国の昼へ蹴り出す煙茸　　柿本多映

毒茸ではないが、奇妙かつユーモラスな茸にケムリタケがある。俳諧味濃厚で俳人は好んで用いる。一般的に題材となっているのは「蹴る」場面であろう。実際、見つけると誰もが蹴りたくなる。だから、長い間、煙茸は人間の悪戯心の犠牲者であって、煙茸にとって、蹴られることは迷惑千万に違いないと思い込んでいた。しかし、煙のように見えるのは実は胞子で、大きくなると頭部の穴から自ら放つものであるらしい。つまり、胞子が広く撒かれることは、煙茸にとって歓迎すべきことなのである。そう考えると、煙茸は、むしろ蹴られるために丸く大きく膨らんでいるのかもしれないと思い当たった。すると、人間は煙茸の罠にまんまとはまり、煙茸に操られ蹴っていたことになる。煙茸は人間をだます茸ということだ。この句は、生国、つまり自らを育んでくれた風土へと煙茸を蹴り出すというもの。そこは、もう二度と戻ることができない作者の原郷としての時空でもある。胞子の煙は、作者の回帰願望を担いながら、しかし、自らの未来へ向かって噴き出す。

爛々と昼の星見え菌生え　　高浜虚子

茸の句といえば、これであろう。映像の不気味さ、それゆえの底知れない生命力。その不思議な魅力を巡って、これまでも多くの俳人が言葉を尽くしてきた。

虚子が疎開先の小諸を引き揚げる直前の送別句会で聞いた話が発想のきっかけになっているという。出席していた村松紅花《むらまつこうか》に拠れば、この日、訪れた長野俳人のうちの一人が深い井戸を覗いた時の話を虚子にしたという。それは、底に溜まった水に爛々と星が映っており、途中の石積みの石の間に何か菌が生えていた、というものである。そして、この話に心を動かされて、一句と成ったのだという。間違いのないところだろう。荒技ともいうべき虚子の俳人としてのさまざまな力が働いている。まず、その星の光を〈爛々と〉という言葉で言い止めたところである。紅花の文にあるように、この言葉も長野の俳人が発したものかもしれない。しかし、それを俳句の言葉として用いるか、ただの会話として聞き流してしまうかの判断の差は大きい。俳句の詩語となるべき言葉の原石は日常会話にあふれていて、それを生かせるかどうかが、いわば、俳人としての言語感覚によるということになる。日常語から詩語へ、この次元を超える秘法は、何よりも表現者としての言葉への鋭敏な感受性にある。〈爛々と〉は、そのまま虚子の自然を見据える眼光そのものでもある。また、それは〈菌〉の表記や、〈見え〉〈生え〉という連用形の畳みかけにも顕著だ。『字通』には「菌」は小さくて叢生するものを指すとある。大形のしかも食用のイメージが強い「茸」の表記とはだいぶ印象が異なる。それが平句的な表現の繰り返しと相乗して天地を異にするような別世界を創出し得た。ダイナミックな詩的世界としての自然である。

虚子に、あらかじめこうした超自然的なものを捉える自然観が備わっていたとの考え方もあろう。しかし、虚子自身が自ら生んだ俳句によって、自然の原初的な生命力を発見していったのではないだろうか。人間の想像力を凌駕する世界は、自然を言葉によって再発見しようとする姿勢から生まれる。

クリスマス一夜

クリスマス（冬）

自分の乏しいクリスマス体験を遡ってみる。すると、まず父と交わした会話が思い出される。絵本か何かでクリスマスを知り、父にいろいろ尋ねた時のことだ。たぶん五、六歳頃だっただろう。サンタクロースは本当にいるのか、自分の所にもプレゼントを持ってやってくるのかという、誰もが一度は言葉にしたことがある定番の質問だ。父はほほえみながら、「来てくれるだろうが、戦争でサンタクロースも貧乏になったから、プレゼントと言っても鉛筆や手帳ぐらいでないか」と答えてくれたのを覚えている。私は炬燵の中で夜空を橇に乗って駆けてくるサンタクロースの姿を夢想した。そして、煙突がない我が家にはどうやって入るのだろうかと心細げに屋根裏の小さな天窓を眺めた。サンタクロースの代わりに父が鉛筆や手帳を買ってくれたかどうかは忘れてしまった。記憶にあるのは、いつからか定かではないが、クリスマスイヴに決まって父が小さなクリスマスケーキを提げてくるようになったことである。それを家族七人、均等に切り分けてくれた。皿に載ったケーキは、丁寧に扱わないとすぐに倒れてしまうほどの薄さだった。

クリスマス馬小屋ありて馬が住む　西東三鬼

これもまた初めて読んだのは高校生の時であった。イエスが馬小屋で誕生した話は聞いて知っていたはずだが、この句とはすぐに結びつかなかった。はじめに脳裏に浮かんだのは、母の実家で飼っていた馬の姿である。大きな納屋の一角が厩になっていて、手から餌を与えたこともあった。だから、馬小屋があって、そこに馬がいるなど当たり前ではないかと思った。しかし、読後、どことなく安らぎに満ちた気持ちが広がった。

三鬼の「自句自解」には、「戦争中、苦労をしながら住みついた神戸の家を、第三国人に買ひ取られて放り出され、さて住むに家なし」という状態の時の句であったとある。「たまたまクリスマスの日に、暖かさうな藁を敷いた馬小屋に、のうのうと住んでゐる馬を見て羨望に堪へなかつたのです」と述懐している。すると、私が感じた安らぎは三鬼の悲哀と表裏になっていたことになる。だが、この句には、そうしたペシミスティックな色は薄い。それは、作者の感情を排除した〈馬小屋ありて馬が住む〉という、どこか存在論めいた表現が、〈クリスマス〉を背景として、さまざまな想像を促すからである。

清水哲男は「増殖する俳句歳時記」で、茶木繁の「馬」という詩を引用しながら、「戦地に駆り出され、ついに帰ってこなかった農耕馬たちは数知れない。したがって戦後しばらくの間、馬小屋はあっても、馬がいない農家は多かったのだ。だから、作者は馬小屋に馬がいることにほっとしているというよりも、ほとんど感動している」と述べている。この句の発表時期は昭和二十三（一九四八）年。三鬼の住まい、通称三鬼館は無事だったが、この句が生まれた神戸は神戸大空襲に遭い、一面焼け野原であった頃だ。人であれ馬であれ、「生きて住む」ことへの痛切な思いが、この句の背後には隠されている。

へろへろとワンタンすするクリスマス　秋元不死男

キリスト教国で、クリスマスを十二月二十五日と決めて祝うようになったのは四世紀あたりからららしい。ただ、クリスマスは降誕祭であって誕生日ではないともいう。イエスが生まれた日は諸説あって不明なのだ。この時期にはローマ人やゲルマン人の間にはもともと冬至を祝う祭があって、大方の草木が枯れる時期になお緑を保つ常緑樹が永遠の生命の象徴として飾られた。この祭とクリスマスが一緒になったのであり、クリスマスツリーが樅《もみ》の木である所以もここにある。

日本におけるクリスマスの習慣は明治以降に広まったという。だが、伝来はもっと古く、キリスト教と一緒であった。日本で初めてクリスマスが祝われたのは、一五五二年、フランシスコ・ザビエルが離日した翌年のことで、山口の教会で日本最初の礼拝が厳かに催されたとの記録がある。隠れキリシタンの間でも守り継がれた。クリスマスが「ご誕生」、クリスマスイヴが「ご産待ち」との言葉も残っている。それが明治になって、禁教解除となり、クリスマスはキリスト教系の学校から一般家庭へと普及していった。そして、戦後の高度経済成長期には、三角帽子をかぶった酔っ払いのサラリーマンが、クリスマスケーキ片手にふらつき、家路をたどる姿がよく見られるようになった。平和になった日本の象徴風景の一つとしてクリスマスイヴが定着した。

この句は昭和二十四（一九四九）年の作で、場末の酔客の姿ではない。だが、〈へろへろと〉という擬態語が、どこか疲れ切ったサラリーマンを想像させておかしい。作者は十三歳の時に父が病死し、以後母の手で育てられた。母は昼は和裁の賃仕事、夜には作者を伴って夜店行商をして一家を支えた。兄弟には奉公へ出たり、他家へ貰われていったものもいた。大正の初めのことだ。そうした少年時代に、ワンタン好きの作者のため、屋台の支那そば屋が来ると母がときどき食べさせてくれたのだという。このクリスマスの夜にすすったワンタンが「どんな高価な食べものよりも味わいふかく思えるのは、そういう少年時代の思い出がなつかしく回想の渦をかき立てるからかも知れない」と『自選自解秋元不死男句集』で述べている。不死男は擬音、擬態語の名手。他にも〈鳥わたるこきこきこきと罐切れば〉や〈ライターの火のポポポポと滝涸るる〉などがあるが、〈へろへろと〉には、新興俳句弾圧事件での二年にわたる検挙拘束を経てやっと平和を享受することができた喜びや、終戦を見ず非業の死を遂げた俳友への悲憤など、さまざまな思いが錯綜、かつ重層している。ワンタンの語源は「渾沌」であるそうだ。

あれを買ひこれを買ひクリスマスケーキ買ふ　　三村純也

高度成長期の父親は、繁華街を深夜までうろついていたが、戦後生まれの父親はまっすぐ家に帰るようになった。家庭でクリスマスを祝う習慣は十九世紀頃のイギリスから広まったのだそうだ。サンタクロース、クリスマスツリー、クリスマスカードが普及し、クリスマスプレゼントの習慣やクリスマスディナーも庶民の家庭のものとなった。キリスト教の隣人愛や慈善が重視され、子どもを中心とする家庭行事へと変わっていったのである。日本人には信仰心は残念ながら希薄だが、日本でも家庭型のクリスマスが定着したのは昭和の終わり頃からだろう。平成十八年に行った、ある統計調査によると、クリスマスは誰と過ごすか、との質問に対し「家族」との答えが約八割と圧倒的多数を占めたそうだ。もっとも独身者が多い昨今は、一人でとか友人同士でとかという割合もずいぶん増えていることだろう。掲句からは家族の誰彼の顔を思い浮かべながら、たくさんのクリスマスプレゼントを抱えて少し困惑気味の作者の、しかし、うれしそうな顔が眼前に浮かんでくる。〈買ひ〉〈買ふ〉と三度重ねた動詞が作者の喜びをあふれるように伝えてくる。

クリスマス一夜の餐の患者食　細谷喨々

これは聖路加国際病院の医師として小児科医療に尽くしている細谷喨々の句。本来なら、家族で囲むはずのクリスマスの食事を一人で摂らなくてはならない患者に寄り添ったものだ。〈一夜の餐〉という措辞には、真心込めて作った給食職員への思いも感じられる。たくさんの患者も医師も看護師も病院で働く他の人々もみな同じように〈一夜の餐〉をいただくのである。実にひそやかな食事ではあるが、囲む人々の姿は限りなく尊い。

ここに酸素湧く泉ありクリスマス　石田波郷

同じく病院の句だが、こちらは患者の立場から詠ったもの。波郷は前年は小康を得ていたが、この年、つまり昭和四十（一九六五）年には二度も呼吸困難を起こし、たびたび入院している。〈酸素湧く泉〉は酸素吸入器であろう。肺活量が乏しくなり、息をするのも辛くなった作者にとって、吸入器から送られる酸素はどんな聖餐にも代えがたい、大切な食べ物であったにちがいない。〈泉あり〉との強い断定からは、残された歳月を可能な限り懸命に生きようとの意志が祈りとなって伝わってくる。

少年に藁のにほへる聖夜劇　井上弘美

聖夜劇を観劇したことが三、四度ほどある。場所はいずれも仙台にある児童養護施設ラ・サール・ホームと小百合園。前者は作家の井上ひさしが少年時代を過ごしたことで名が知られていて、氏の小説にもたびたび登場する。当時は「光ケ丘天使園」と呼ばれていた。私が教員として勤務していた中学校の学区にあり、ラ・サール・ホームからも生徒が通学していた。それでクリスマスイヴの催しに招かれてでかけたのである。小中学校の教員の他にも、子どもたちの縁故者、里親、それに地元の支援者が招かれていた。そして、子どもたちとともに歌や踊り、楽器演奏を楽しむ。実に和やかで心温まる集いだった。聖夜劇は、そのメーンの出し物である。
この句の少年を今、演じているヨゼフ役の少年と解することもできようが、私としては作者の隣で劇を観ている少年として鑑賞したい。ふと藁の匂いがしたのは、なぜだろうか。少年が藁仕事をしていたせいだろうか。それとも藁の中で遊んできたせいだろうか。それもいい。しかし、おそらくは今繰り広げられている聖夜劇のせいだろう。聖夜劇の子羊たちにも東方の三博士にも、そしてマリアとヨゼフにも、確かにどこか藁の匂いが漂う。そう思うと、少年はもしかしたらイエスの化身で、聖夜劇の中から抜け出して、ここに座っているのかもしれないなど、さまざまに想像が広がる。イエスもまた藁の中から生まれたのであった。藁は再生復活の象徴、そこが生命を宿す場であるという考え方は日本の古い信仰にもある。この句はそんなことまで思わせてくれる。

掲載句・掲載歌索引

*句、歌の配列は各五十音順

掲載句

掲載歌

秋来ぬと目にはさやかに見えねども風の音にぞおどろかれぬる　藤原敏行　93

秋田刈る旅の廬に時雨降りわが袖濡れぬ乾す人無しに　作者不詳　121

天の原ふりさけ見れば春日なる三笠の山に出でし月かも　阿倍仲麻呂　101

新しき年の始の初春の今日降る雪のいやしけ吉事　大伴家持　137

うらうらに照れる春日に雲雀あがり心かなしも独りし思へば　大伴家持　21

大口の真神の原に降る雪はいたくな降りそ家もあらなくに　舎人娘子　70

従叔父はこなた従叔母はかなたの湾の底　引き上げられて巡り逢ひたり　梶原さい子　119

かれはてむのちをば知らで夏草の深くも人の思ほゆるかな　凡河内躬恒　193

かはづ鳴く井手の山吹散りにけり花のさかりにあはましものを　作者不詳　184

葛の花踏みしだかれて、色あたらし。この山道を行きし人あり　釈迢空　225

朽ちもせぬその名ばかりをとどめ置て枯野の薄形見にぞ見る　西行法師　128

雲隠り鳴くなる雁の去きて居む秋田の穂立繁くし思ほゆ　大伴家持　51

雲の上に鳴くなる雁の遠けども君に逢はむとた廻り来つ　作者不詳　51

恋しくばたづね来てみよ和泉なる信太の森のうらみ葛の葉　（『芦屋道満大内鑑』）　229

死に近き母に添寝のしんしんと遠田のかはづ天に聞ゆる　斎藤茂吉　190

大工町寺町米町仏町老母買ふ町あらずやつばめよ　寺山修司　18

たらちねの母が養ふ蚕の繭隠りいぶせくもあるか妹に逢はずして　作者不詳　173

庭草に村雨降りてこほろぎの鳴く声聞けば秋づきにけり　作者不詳　57

のど赤き玄鳥ふたつ屋梁にゐて足乳根の母は死にたまふなり　斎藤茂吉　14

春の苑紅にほふ桃の花下照る道に出で立つ少女　大伴家持　164

あとがき

本書は『俳句』に平成二十五年四月から平成二十七年十二月まで三十三回にわたって連載した「俳句の時空」をまとめたものである。このたびシリーズ「角川俳句コレクション」の第一冊目として刊行していただくことになった。

タイトルは『鑑賞　季語の時空』に改めた。元より、私の個人的な好みに偏した文章に過ぎず、取り上げた季語の数も四十足らずに過ぎない。数えようによって一万をも超える季語の数を念頭におけば、このタイトルは誇大広告の誹りを免れない。

連載が開始された平成二十五年は大震災の三年目を迎えたばかりで、文章の端々にその影が濃く湛えられている。この三月十一日を境にして世界の見方が変わったといえるかもしれない。震災以前の俳句にも、その作られた時代、時期を問わず、災禍や死者の影を帯びているのではと思う。もっとも、これは私の個人的資質に拠るところが大きい。東北の辺境生まれの屈折がある。

東日本大震災の津波被害は多くの犠牲者を出し、深い悲しみをもたらしたが、福島の原発事故はより深刻な問題を提起した。私などに論じられることではないが、人類が人類を滅しているのではないか。人間はこれからどう生きるべきかという問いを自然自体が人間に突きつけたといっていい。自然は人間の想像を超えた大きな力を持っている。しかし、その恵みは無限ではない。自然を畏れよということである。

今後の私にできるのは、せいぜいこれまでの俳句がどんな時間や空間を詠み続けてきたか、これからの俳句は何を読むべきかを、狭い視野ながら可能な範囲で模索することぐらいである。

本書をまとめるにあたり、『俳句』編集長立木成芳さん、校正、検証などに尽力して下さった村上ふみさん、それに連載の際にお世話になった『俳句』編集部の皆さんに心から感謝申し上げる。

高野ムツオ

二〇一九年十一月

＊本書は『俳句』に連載された「鑑賞　俳句の時空」（平成二十五年四月号～平成二十七年十二月号）より再編集し、角川俳句コレクションとして刊行したものです。
＊掲載句の前書は割愛しました。
＊本書には、今日の人権意識に照らして不適切な語句や表現がありますが、扱っている題材の歴史的状況およびその状況における著者の記述を正しく理解するため、底本のままとしました。

高野ムツオ
昭和22年、宮城県生まれ。10代から「駒草」主宰の阿部みどり女に、20代から「海程」の金子兜太に師事。昭和60年、佐藤鬼房主宰の「小熊座」に入会、師事。同誌編集長後、平成14年に主宰継承、現在に至る。句集に『陽炎の家』『鳥柱』『雲雀の血』『蟲の王』『萬の翅』『片翅』。著書に『時代を生きた名句』『語り継ぐいのちの俳句』などがある。
現代俳句協会賞、読売文学賞、蛇笏賞（戦後生まれ初の受賞）、小野市詩歌文学賞受賞。日本現代詩歌文学館館長。

鑑賞《かんしよう》　季語《きご》の時空《じくう》

初版発行　2020年1月30日

著者　高野ムツオ

発行者　宍戸健司

発行　公益財団法人 角川文化振興財団
〒102-0071　東京都千代田区富士見1-12-15
電話　03-5215-7819
http://www.kadokawa-zaidan.or.jp/

発売　株式会社 KADOKAWA
〒102-8177　東京都千代田区富士見2-13-3
電話　0570-002-301（カスタマーサポート・ナビダイヤル）
受付時間　11時～13時／14時～17時（土日祝日を除く）
https://www.kadokawa.co.jp/

印刷所　株式会社暁印刷

製本所　牧製本印刷株式会社

 Printed in Japan　ISBN 978-4-04-884274-7　C0095